EINE HELLSEHERIN FÜR ALLE GELEGENHEITEN

AGENTUR FÜR PARANORMALE ZEITARBEIT
BAND 2

MOLLY FITZ

KATZENGEHEIMNISSE

ÜBER DIESES BUCH

Nachdem ich bei meinem letzten Einsatz beinahe draufgegangen wäre, wollte ich mit der Agentur für Paranormale Zeitarbeit eigentlich nichts mehr zu tun haben. Wie sich allerdings herausstellt, war das ganze Schlamassel erst der Anfang ...

Dem Gremium für Paranormale Beziehungen fehlt ein Mitglied, wodurch Beech Grove ein leichtes Opfer feindlicher Magie werden könnte. Und was noch viel schlimmer ist, unsere Außendienstler, die auf normale Menschen wie streunende Katzen wirken, verschwinden von den Straßen ... nur leider tauchen sie auch in den Tierheimen nicht wieder auf.

Daher schickt mein Vorgesetzter, ein schwarzer Kater namens Mr Fluffikins, mich nun als Pseudo-Hellseherin auf eine verdeckte Ermittlung, um herauszufinden, was mit unseren Agenten geschieht.

Letzte Woche wusste ich noch nicht einmal, dass Magie real ist, und jetzt muss ich mit vollem Einsatz versuchen, sie zu wahren.

Kinderspiel für eine Aushilfshellseherin wie mich!

ANMERKUNG DER AUTORIN

Hallo. Danke, dass du dieses Buch gekauft hast. Wenn du ebenfalls ein großer Fan von spannenden, schrägen Tierkrimis bist, sollten wir unbedingt Freunde werden.

Wie wäre es, wenn du direkt einmal meine Facebook-Seite besuchst, die ich speziell für meine treuen deutschen Leser eingerichtet habe? Hier der Link dazu: **Facebook.-com/Katzengeheimnisse**

Oder melde dich für meinen Newsletter an und sichere dir als Abonnent gratis ein digitales Geschenkpaket, einschließlich einer exklusiven Kurzgeschichte über Octocat: **Katzengeheimnisse.com/Abonnieren**

Ich bin sicher, wir werden eine Menge

Spaß miteinander haben. Also schnell umblättern ...

Wir sehen uns dann auf der nächsten Seite.

MOLLY

1

Mein Name ist Tawny Bigford. Ich bin eine fünfunddreißigjährige Teilzeit-Romanautorin und habe gerade herausgefunden, dass Magie real ist.

Sehen Sie, alles begann eines Morgens, als ich über die Leiche meiner neuen Vermieterin stolperte. Kaum hatte ich mich von dem Schock erholt, wurde ich auch schon von einem schneidigen Polizisten weggezaubert, der nicht gerade deshalb da war, um ihren Mord zu untersuchen. Er lieferte mich bei der APZ ab, der Agentur für paranormale Zeitarbeit.

Die sind eine Art spezielles Gremium, das die magischen Interessen in unserer schönen Region Peach Plains in Georgia schützt und nur eines von vielen solcher Gremien, die überall auf der Welt eingerichtet wurden.

Als sie feststellten, dass ich keine Schuld am Tod meiner Vermieterin hatte, befahlen sie mir, als deren vorübergehender Ersatz zu fungieren. Nicht als Vermieterin, sondern als die offizielle Stadthexe von Beech Grove. Oh, Mann!

Von da an ging es nur noch um sprechende Katzen, fliegende Besen und eine knifflige Kehrtwende nach der anderen. Jedes Mal, wenn sich jemand die Mühe machte, eine meiner Fragen zu beantworten, stellten sich mir sofort mindestens ein Dutzend neue.

Als wir den wahren Mörder geschnappt hatten, versuchte ich, mir einen Reim aus der ganzen Geschichte zu machen, bis mir der Kopf rauchte. Hier ist, was ich weiß ...

Der Rat oder Vorstand besteht aus fünf paranormalen Verbindungsleuten plus der Stadthexe und dem zuständigen Diplomaten. Unser lokaler Diplomat ist ein kleiner schwarzer Kater, der es fast so sehr liebt, Regeln zu befolgen, wie er es liebt, Forderungen zu stellen. Sein Name ist Mr Fluffikins.

Dann haben wir die freundliche, matronenhafte Greta als Verbindungsperson zu den Schulen. Ich habe kürzlich herausgefunden, dass sie ein Engel ist ... ähm, wow!

Parker Barnes ist derselbe Polizist, der mich ursprünglich in diesen verrückten, übernatürlichen Reigen gebracht hat. Er ist auch der Grund, warum ich mich an alles erinnere, was passiert ist, obwohl die anderen versucht haben, mein Gedächtnis zu löschen. Darüber hinaus ist seine Rolle ein bisschen komplizierter. Ich versuche immer noch, mir diesbezüglich Klarheit zu verschaffen.

Zu guter Letzt haben wir Connie, die für den Handel zuständig ist, Buckley als Leiter der Landwirtschaft und einen alten Kerl im Anzug, der als Abgesandter für die Friedhöfe dient. Nein, seinen Namen weiß ich immer noch nicht ...

Ich war bis vor Kurzem die provisorische Stadthexe, aber jetzt, da sie jemanden haben, der die Rolle dauerhaft ausfüllt, sollte ich meinen Job los sein. Der Vorstand arbeitet aus einem bestimmten Grund mit Aushilfen. Sie sind leichter zu kontrollieren, und je weniger Leute die ganze Wahrheit über ihre Arbeit kennen, desto besser. Sie erzählen lieber vielen Leuten Teilwahrheiten als jemanden zu tief in ihre Kreise zu lassen und zu riskieren, aufzufliegen. Deshalb finde ich sie wohl auch so verwirrend.

Obwohl ich ein wenig traurig bin, dass ich die

Magie, die mir verliehen wurde, verloren habe – ich hatte sie nur für etwas weniger als vierundzwanzig Stunden, wohlgemerkt –, bin ich mehr als bereit, in mein normales Leben zurückzukehren.

Der Bosskater scheint jedoch andere Vorstellungen zu haben ...

Oh-oh.

Es sind drei Tage vergangen seit dem verrückten magischen Abenteuer, das meine Welt und alles, was ich über sie wusste, verändert hatte. Drei Tage, seit eine kalte Dusche zur Entdeckung eines mysteriösen Mordes führte, der sich in eine magische Verschwörung verwandelte, die mich fast das Leben kostete.

Drei Tage.

Das ist länger, als das ganze Abenteuer überhaupt gedauert hat. Ich glaube, es vergingen nicht einmal volle vierundzwanzig Stunden von dem Punkt, als ich über die Leiche von Mrs Haberdash stolperte und dem, als der Vorstand die Bösewichte erwischt und ihrem heimtückischen Plan Einhalt geboten hatte.

Ich weiß ganz sicher, dass es kein ganzer Tag war.

Wie kann also eine so kurze Zeitspanne buchstäblich alles verändern?

Zum einen habe ich jetzt einen neuen Vermieter. Und während meine vorherige Vermieterin, Mrs Haberdash, mich eifrig gemieden hat, findet Parker

Barnes jeden Tag mindestens ein halbes Dutzend Ausreden, um vorbeizukommen.

Ja, *der* Parker.

Es ist irgendwie schwierig, nicht an Magie zu denken, wenn derselbe Typ, der mich überhaupt erst damit bekannt gemacht hat, immer vor meiner Haustür abhängt.

Und es hilft definitiv nicht, dass ich ganz fürchterlich in ihn verknallt bin. Seit mein Ex-Mann eine neue Frau gefunden hat – als wir noch verheiratet waren, wohlgemerkt –, habe ich der Liebe abgeschworen, um ein völlig ungebundenes Single-Leben zu führen.

Parkers hinreißende, graue Augen lassen zwar mein Herz höher schlagen, wühlen aber auch meinen Magen auf. Deshalb habe ich mir drei neue Regeln auferlegt.

Drei Tage. Drei Regeln.

Von nun an gibt es keine Magie mehr, keine Männer und keine verrückten Abenteuer.

Das war's. Die sollten doch einfach genug zu befolgen sein. Vor allem, da der Rest des Vorstands annimmt, dass ich mich nicht an das Geschehene erinnere.

Aber dann kam natürlich alles ganz anders ...

. . .

K *rach!*

Ich sprang aus dem Bett und rannte den Flur hinunter, so schnell mich meine Füße trugen. Zu spät erkannte ich, dass ich wahrscheinlich irgendeine Waffe hätte finden und mitnehmen sollen.

Es war noch nicht einmal sechs Uhr morgens. Wer könnte da schon …?

Ein Lichtfunke flutete das Wohnzimmer, obwohl ich den Schalter nicht umgelegt hatte.

„Guten Morgen, Tawny", sagte Mr Fluffikins, neben einer zerbrochenen Vase sitzend, in der einst ein Arrangement aus Kunstblumen gestanden hatte. Ich hatte nicht das Geld, ständig frische zu kaufen und hasste es, etwas so Hübsches und Lebendiges verwelken zu sehen, also hatte es für mich immer nur Kunstblumen gegeben.

Mein Blick wanderte von der Schweinerei zu dem Kater, der sie zweifellos verursacht hatte, und wieder zurück, dann warf ich die Hände in die Luft und ging zurück in den Flur in Richtung meines Schlafzimmers.

„Tawny, warte!", rief er mir nach. „Ich weiß, dass du dich an alles erinnerst!"

Ich murmelte meine drei Regeln vor mich hin.

Fluffikins' Erscheinen drohte mindestens zwei davon zu brechen, und das war nicht in Ordnung.

„Geh weg", murmelte ich und schleppte mich zurück zum Bett.

„Das werde ich nicht", beharrte er und lief nun hinter mir her. „Nicht, bevor du mich wenigstens anhörst."

„Ich werde dir kein Frühstück machen." Das letzte Mal, als er vor Sonnenaufgang bei mir auftauchte, hatte er genau das verlangt. Garantiert wollte er auch jetzt bewirtet werden.

„Ich habe schon gegessen", konterte er. „Und du hast offensichtlich nichts vergessen, obwohl ich mich sehr deutlich daran erinnere, dein Gedächtnis gelöscht zu haben."

Das ließ mich innehalten. Ich erschauderte und fragte: „Was willst du dann?"

„Die APZ hat eine neue Aufgabe für dich", sagte er, und dann gaben meine Knie unter mir nach.

2

Kurze Zeit später wachte ich wieder auf. Ich hoffte sehr, dass dieser Fehlstart in den Tag nichts weiter als ein schlechter Traum gewesen war, aber nein.

Mein ehemaliger Chef, Mr Fluffikins, saß zusammengerollt auf meiner Brust, und er starrte mich aufmerksam an. „Bist du jetzt fertig mit dem ganzen Theater?"

„Geh von mir runter", fauchte ich und stieß ihn von mir, damit ich mich aufsetzen und mir die pochenden Schläfen massieren konnte.

„Ein bisschen mehr Respekt für deinen Arbeitgeber, bitte", knurrte er.

Mein Arbeitgeber, ha! Ich hatte mich nie bei der Agentur für paranormale Zeitarbeit beworben und wollte es auch gar nicht. Ich war ganz glücklich in meiner Rolle als Teilzeit-Romanautorin, die in Vollzeit tun konnte, was sie wollte.

Zumindest, bis Fluffikins mit seiner Mannschaft auftauchte und alles auf den Kopf stellte.

Die schwarze Katze blieb in meiner Nähe sitzen und starrte mich an.

Eine Wolke aus kurzen, schwarzen Haaren wehte mir ins Gesicht und brachte mich zum Niesen. Ich machte mir nicht die Mühe, meinen Mund zu bedecken, in der Hoffnung, dass der ekelhafte Sprühregen mich endlich von meinem unerwünschten Besucher befreien würde.

Er stöhnte und trottete den Flur entlang. „Ich warte am Küchentisch auf dich. Kommst du, wenn du fertig bist, und bringst vielleicht etwas Steak oder Krabben mit?"

Ja, natürlich. Einfache Sahne war nicht gut genug für dieses Ärgernis auf Pfoten. Nur teure Fleischstücke konnten ihn besänftigen. Aber warum war das für mich wichtig genug, mich daran zu erinnern? Ich wollte ihn nicht in meinem Leben haben, und ich wollte auch nicht in seinem sein.

Ich lag also eine ganze Weile auf dem alten, abgewetzten Teppich in meinem winzigen Häuschen und hoffte, wenn ich es lange genug hinauszögerte, würde Fluffikins sich wieder verziehen.

Leider war es nicht mein Glückstag.

„Was willst du hier?", stöhnte ich, während ich in die Küche schlurfte.

Fluffikins seufzte, als sei ich diejenige, die unangemeldet in seinem Haus aufgetaucht wäre. „Ich habe dir doch bereits gesagt, dass der Vorstand eine neue Aufgabe für dich hat."

Ich schnappte mir eine Banane aus der Obstschale oben auf dem Kühlschrank und erdolchte den kleinen schwarzen Kater regelrecht mit meinen Blicken, während ich sie schälte. „Das mache ich nicht."

Er verdrehte seine übergroßen, goldenen Augen. „Die Sache ist bereits entschieden."

In dem Moment verschluckte ich mich an einem Stück Banane. Ich keuchte und hustete, während es mir die Kehle hinunterrutschte. „Entschieden? Ohne mich? Nicht schon wieder!"

„Deshalb bin ich der Chef und du bist nur eine Aushilfe."

„Was ist, wenn ich keine Aushilfe sein will?"

„Zu spät", entgegnete er mit einem Zucken seines Schwanzes.

„Weißt du, du könntest es bei Gelegenheit mit

Schmeicheln versuchen", meinte ich, lehnte mich gegen den Kühlschrank und schloss die Augen. Es war noch viel zu früh für diese Spielchen. Ich brauchte mindestens noch eine Woche, um mich vom letzten Mal zu erholen, als dieser kleine schwarze Kater meine Welt auf den Kopf gestellt hatte. Und doch war er wieder da, und wenn es einen Weg gab, ihn dazu zu bringen, ein „Nein" als Antwort zu akzeptieren, dann hatte ich ihn noch nicht gefunden.

„Ich muss nicht auf Zehenspitzen um deine zarten, menschlichen Gefühle herumschleichen." Seine Stimme wurde tiefer und unangenehmer. Fluffikins hatte diese unheimliche Art, seine Worte zu einem einzigen, ununterbrochenen Ton zu verbinden. Das zerstörte jegliche Niedlichkeit, die ihm seine Schnurrhaare und sein wuscheliges Gesicht verliehen und ließ ihn regelrecht albtraumhaft wirken. „Was ich brauche, ist deine Hilfe bei der Suche nach unseren vermissten Außendienstagenten."

Ich öffnete den Mund, um ihn weiter zu beschimpfen, hielt aber inne, als mir klar wurde, was er gerade gesagt hatte. „Außendienstagenten sind verschwunden?"

Er ließ den Kopf hängen. „Ja, einige unserer Besten."

Mr Fluffikins hatte mir kurz zuvor enthüllt, dass

das, was die meisten Menschen für streunende Katzen hielten, in Wirklichkeit Agenten waren, die im Außendienst arbeiteten, um das magische Gleichgewicht aufrechtzuerhalten und die verschiedenen regionalen, paranormalen Gremien auf mögliche Anzeichen einer Störung aufmerksam zu machen.

„Soll ich in den örtlichen Tierheimen nachsehen, ob sie dort sind?", bot ich an. So ungern ich auch den Eindruck vermitteln wollte, dass er jederzeit und aus welchem Grund auch immer auf mich zählen konnte, so besaß ich doch ein Herz. Wenn hier wirklich Leben auf dem Spiel standen, dann …

„Sei nicht albern", fauchte er und ließ seinen Blick wieder zu mir schweifen. „Dort haben wir zu allererst nachgesehen, aber ohne Erfolg. Und außerdem verschwinden immer wieder Agenten von der Straße."

Ich zog einen Stuhl heraus und nahm Platz. „Was passiert mit ihnen?"

„Keine Ahnung, und ich habe nicht wirklich die Zeit, einen weiteren Normalo einzustellen und mit unserer Welt vertraut zu machen. Da Barnes dafür gesorgt hat, dass du deine Zeit bei uns nicht vergessen hast, können wir genauso gut auch dich nehmen."

„Schön zu hören, dass ich deine erste Wahl bin." Ich schluckte jede weitere Erwiderung hinunter.

„Da dies eine diplomatische Angelegenheit ist, wirst du natürlich direkt für mich arbeiten." Er schien darüber ebenso wenig erfreut zu sein wie ich.

„Natürlich", wiederholte ich und bemühte mich, meine Miene neutral zu halten.

Mr Fluffikins starrte mich aus zusammengekniffenen Augen an. Eine offensichtliche Einschüchterungstaktik, die leider bestens funktionierte.

„Gut, aber nur, weil möglicherweise Leben auf dem Spiel stehen", knurrte ich in vollem Eingeständnis meiner Niederlage.

„Es stehen immer Leben auf dem Spiel, wenn es um Magie geht. Hast du beim letzten Mal denn gar nichts gelernt?"

„Ich schätze nicht", sagte ich, während ich auf meiner Banane herumkaute. „Also, wann fangen wir an?"

„Sofort", sagte er, sprang von meinem Küchentisch und machte sich auf zur Tür.

3

nstatt Fluffikins, der auf meine Tür
zustürmte, hinterherzujagen, blieb ich
sitzen und stieß ein gewaltiges Gähnen
aus. Das letzte Mal, dass ich richtig geschlafen hatte,
war während des kurzen magischen Komas gewesen,
in das ich nach meinem letzten großen Auftrag
versetzt worden war. Seitdem hatte ich entweder
angsteinflößende Flashbacks oder verbrachte lange
Nächte damit, wach zu liegen und mich zu fragen,
wie ich jemals etwas so Gewaltiges wie die Existenz
von Magie hatte übersehen können – und das auch
noch fünfunddreißig Jahre lang.

Unnötig zu sagen, dass ich verdammt müde war.
Vor allem, wenn man die frühe Stunde in Betracht
zog.

Trotzdem, wenn Leben auf dem Spiel standen, musste ich wohl einen weiteren Auftrag in dem Job annehmen, um den ich nie gebeten hatte und den ich definitiv nicht wollte.

„Lass mich nur schnell duschen, um mich etwas aufzuwecken, und dann gehöre ich ganz dir", sagte ich mit einem artigen Lächeln. Schon als ich diese Worte sagte, wusste ich, dass sie nicht so gut ankommen würden.

In der Tat verzog Fluffikins das Gesicht und schüttelte den Kopf. „Welchen Teil von *Wir fangen sofort an* verstehst du nicht? Es ist das *sofort*, richtig?"

Ich sah ihn finster an. Könnte ich seine Wünsche ignorieren und mich einfach unter die Dusche stellen? Nein, er würde mir wahrscheinlich folgen, und das Letzte, was ich brauchte, war ein unausstehlicher Kater, der meinen nackten Körper anstarrte und abfällige Bemerkungen machte. „Warum bist du so gemein?", knurrte ich durch zusammengebissene Zähne.

„Warum bist du so faul?", schoss er zurück.

Ich war viel zu müde, um mir eine schlagfertige Antwort einfallen zu lassen. Stattdessen warf ich die Hände in die Luft und marschierte zur Tür.

Der schwarze Kater folgte mir nach draußen ins

Licht der aufgehenden Sonne und schien recht zufrieden mit sich zu sein.

Ich hob eine Hand, um meine Augen abzuschirmen. „Was jetzt?"

„Halte mich", sagte der Kater beinahe schon niedlich, aber ich war nicht auf den Kopf gefallen – und schon gar nicht, was ihn betraf.

„Igitt, nein."

„Willst du nun fliegen oder nicht?"

„Ich kann nicht fliegen, Mr Superschlaumeier. Du hast mir meine Magie genommen." Ich spürte, wie er mich mit diesen beunruhigend intelligenten Augen anstarrte, hielt den Blick jedoch weiter auf den Horizont gerichtet.

„Erstens war diese Magie nie die deine", korrigierte er auf seine neunmalkluge Art. „Sie gehört der APZ. Zweitens, heb mich auf und drück mich fest an deine Brust."

„Aber ...", begann ich zu argumentieren, unterbrach mich jedoch mit einem lauten, sonoren „AUTSCH!"

Fluffikins fauchte und versenkte seine Krallen in meiner Pyjamahose, dann kletterte er an mir hoch wie an einem Kratzbaum.

Instinktiv griff ich nach ihm und riss ihn und seine scharfen Krallen von mir. Kaum hatte ich das getan, schoss ein Schwall rosa Magie aus seinem kleinen Katzenkörper hervor und katapultierte uns in den Himmel über meinem Gästehäuschen.

Ahh, wer könnte die funkelnde rosa Magie vergessen, die mehr Macht hatte als alle Vorstandsmitglieder zusammen? In der Tat hatte ich es aktiv versucht, es jedoch bisher noch nicht geschafft.

Ich klammerte mich fest an Mr Fluffikins' geschmeidigen Körper, während wir immer schneller unserem Ziel entgegenflogen. Ich hatte das Fliegen beim ersten Mal definitiv mehr genossen, als ich auf einem Besen saß und zumindest ein wenig Kontrolle über das Ganze zu haben schien.

Verzweifelt kniff ich die Augen zu und konzentrierte all meine Energie darauf, diesen verrückten Kater an meine Brust zu drücken. Ich öffnete sie erst wieder, als ich spürte, wie mein Hintern in einen gepolsterten Bürostuhl fiel.

„Genug! Lass mich los!", fauchte Fluffikins, während er sich gegen meinen eisernen Griff wehrte.

Ich ließ ihn los, wie angewiesen, und er sprang auf den Tisch und begann, sich energisch zu putzen – offenbar durch meine Berührung beschmutzt. Die funkelnde, rosafarbene Magie, die diesen Ort erdete, stieg zur Glasdecke des großen Konferenzraums auf und zog die Paneele zu, um mich und Fluffikins darin einzuschließen.

„Ich dachte, wir hätten keine Zeit zum Duschen", murmelte ich irritiert. Auch wenn ich nur eine Aushilfe war, gefiel mir die Doppelmoral nicht, die hier im Spiel war. Schließlich hatte ich das alles nicht gewollt. Eigentlich hatte ich mir wieder einmal nur eine schöne, heiße Dusche gewünscht, um meinen Tag ordentlich zu beginnen.

„Ich kann nicht einfach den Gestank deiner verschwitzten Handflächen auf meinem Fell lassen", erklärte er, während er sich striegelte, wobei seine Stimme dumpf und noch schwerer zu verstehen war als sonst. „Außerdem bin ich der Boss, ergo gelten da andere Regeln."

„Aha." Ich verschränkte die Arme vor der Brust und blieb mindestens fünf Minuten lang so sitzen, während der Kater seiner spontanen Badestunde nachging. Zum Teil war ich versucht, einfach rauszumarschieren und den Heimweg anzutreten, aber ich wusste, dass die APZ mich nicht so einfach gehen lassen würde.

„Entschuldigung, ich dachte, wir hätten es richtig eilig?", nölte ich und kippelte genervt mit dem Stuhl.

„Fast ... fertig ...", informierte er mich inmitten seiner ausgiebigen Katzenwäsche.

Ich stöhnte und legte den Kopf auf den Tisch. Vielleicht könnte ich ein wenig Schlaf nachholen? Denn wer wusste schon, wie lange Fluffikins sich putzen würde, wenn er erst einmal angefangen hatte? Putzten Katzen sich nicht etwa zwanzig Stunden am Tag – oder war das Schlaf? Nun, was auch immer normale Katzen taten, Fluffikins war keine. Auch wenn er behauptete, dass alle von ihnen Magie besäßen, bezweifelte ich, dass alle so wie er mit Menschen sprechen konnten.

Weitere fünf Minuten vergingen, bis er endlich fertig war und mich völlig ungeduldig und ungerührt ansah. „Na, worauf wartest du? Lass uns gehen!"

Ich hob meinen Kopf gerade noch rechtzeitig, um zu sehen, wie er davonlief, als wäre ich die Ursache für die Verzögerung gewesen.

Langsam glaubte ich, dass er sich Aushilfen nur hielt, um jemanden zu haben, den er anschreien konnte, wenn die Dinge nicht so liefen, wie er es erwartet hatte.

Was bedeutete, dass mir wohl ein absolut fabelhafter Tag bevorstand.

4

„Warte", rief ich dem sich schnell entfernenden Kater hinterher. Warum kam es mir so vor, als würde ich nichts anderes tun, als ihm nachzujagen?

„Wo sind die anderen?", schrie ich ihm hinterher.

Mr Fluffikins blieb nicht stehen, sondern rief mir seine Antwort zu, während er weiter durch die dunklen Flure des Bürogebäudes eilte und mir keine andere Wahl ließ, als zu laufen, um aufzuholen. „Da ist sonst niemand. Du kannst nicht erwarten, dass wir jedes Mal den gesamten Vorstand einberufen, wenn du uns besuchst."

„Aber ich hab' nicht ... Ach, vergiss es einfach." Egal, wie wütend er mich machte, es hatte keinen Sinn, mit ihm zu streiten. Fluffikins würde stets seine Autorität spielen lassen, und ich würde unweigerlich noch entnervter sein als zu Anfang. Trotzdem wäre es schön gewesen, Greta oder Parker oder irgendjemand anderen hier zu haben, der als Puffer zwischen mir und dem störrischen Kater dienen konnte.

Ich hoffte immer noch auf das plötzliche Auftauchen eines Verbündeten, als Fluffikins mich in einen riesigen Lagerraum führte, den ich sofort als den Ort erkannte, an dem er mich vor ein paar Tagen während unseres letzten „Trainings" mit Windböen und Feuerbällen beworfen hatte. Die unangenehme Erinnerung machte mich nervös und ließ mich kurz vor dem Eingang stehen bleiben.

„Was machst du da?", fauchte er vom anderen Ende des Raumes. „Komm rein, und zwar sofort!"

Ich schluckte meine Angst mit der fadenscheinigen Begründung hinunter, dass Mr Fluffikins meine Hilfe brauchte und mir deshalb nichts antun würde. *Vermutlich.* Obwohl ich das letzte Mal, als ich unter seinem Schutz stand, fast von einem enterbten Magier und seiner gruftigen Enkelin ermordet worden wäre. Aber wer behielt da schon den Überblick?

Ich marschierte direkt auf ihn zu, mein Atem ging schnell und flach. Je eher ich tat, was er wollte, desto eher würde er mich in Ruhe lassen. Dieses Mal hoffentlich für immer.

Als ich Fluffikins endlich erreichte, sprang er in eine Öffnung in der Decke, huschte ein Stück über mir herum und fiel dann in dieser nervtötenden Mischung aus natürlicher Anmut und unnatürlicher magischer Effekthascherei wieder auf den Boden. Er spuckte mir einen silbrig glänzenden Gegenstand vor die Füße.

„Meine Magie", rief ich. „Bekomme ich sie wirklich zurück?"

Dieses verschnörkelte Schmuckstück sah aus wie eine Kreuzung aus einem Schmetterling und einer Schleife. Als es mir das letzte Mal von Fluffikins und der APZ geschenkt worden war, hatte es die Magie der Stadthexe nachgeahmt. Die Rolle, die ich spielen sollte, während sie den Mörder der ehemaligen Oberhexe der Stadt ausfindig machten.

Ich hatte es nicht lange besessen und auch noch nicht wirklich viel damit gemacht, aber ich sehnte mich trotzdem danach.

Die Stärke des plötzlichen Verlangens, das mich überkam, war erschreckend.

Keine Magie mehr. Das war eine meiner drei Regeln. Doch als ich mich bückte, um die Brosche aufzuheben, schoss Vorfreude durch meine Adern.

„Glaubst du wirklich, wir würden dir wieder so viel Macht geben? Beinahe wären wir wegen dir draufgegangen, und das vor … ungefähr einer Woche." Natürlich musste er mich sofort in meine Schranken weisen.

„Vor einer halben Woche", korrigierte ich ihn, schüttelte dann den Kopf und erhob die Stimme. „Das tut jetzt aber nichts zur Sache. Wenn diese Brosche nicht meine Magie enthält, wozu ist sie dann gut?"

Er stellte eine Pfote auf meinen Fuß, und ich hatte nur eine dünne Socke an, die mich vor den Krallen schützen konnte. „Diese Magie war nie deine. Denk dran, du bist nur eine Aushilfe."

„Wie konnte ich das nur vergessen", murmelte ich vor mich hin. Ich verabscheute diesen Job ebenso sehr wie ich mich danach sehnte.

„Irgendwelche Fragen?"

„Ich habe immer noch keine Ahnung, was ich hier mache oder warum du mich ausgewählt hast."

Er neigte den Kopf zur Seite und studierte mich. „Das ist nicht wirklich eine Frage, oder?"

„Ähm."

„Also gut. Steck dir die Brosche ans Hemd und folge mir."

„Warte", rief ich wieder. Es schien, als würde ich

ihn immer bitten zu warten, aber jetzt, wo mein Verstand sich ein wenig gefangen hatte, wollte ich doch etwas fragen. „Letztes Mal konnte ich die Magie nicht sehen, bis du mir meine Kräfte gegeben hast. Dieses Mal konnte ich sie sofort sehen. Warum?"

Er glukste leise vor sich hin. „Wie scharfsinnig. Das wird dir bei der heutigen Mission helfen."

Ich lächelte und nickte. Dann wartete ich. Dann fragte ich: „Willst du denn nicht antworten?"

„Ich bin der Diplomat, also entscheide ich, wer sie sehen darf und wann."

„Also war es vorher nicht die Brosche, sondern du?"

„Ich bin viel beeindruckender als ein winziges Schmuckstück", spottete er. „Was glaubst du, wie die Magie da überhaupt reingekommen ist?"

„Oh", murmelte ich nur.

„Oh", äffte er nach und verdrehte die Augen. „Jetzt hefte dir das Ding ans Hemd und folge mir."

Diesmal tat ich, wie mir geheißen wurde, und folgte ihm zurück in den Sitzungssaal.

„Mach die Tür zu", sagte er zu mir, als wir drin waren. Er war schon auf den langen Tisch gesprungen und begann, hin und her zu stolzieren. „Den Bildschirm herunterfahren."

„Welchen Bildschirm?", fragte ich und suchte die

Wände und die Decke ab, sah aber nichts außer dem Raum, dem spärlichen Mobiliar und der sich drehenden, rosa Magie.

„Nicht du", sagte er kalt.

Die rosafarbene, magische Essenz, die Fluffikins' Vorstand mit den anderen auf der ganzen Welt verband, wirbelte weiter und enthüllte eine große Projektionsfläche. Ein Bild von Fluffikins, der auf dem Tisch stand, erschien auf der Leinwand.

„Was zum ...?", setzte ich an, ließ dann aber meine Worte ausklingen.

„Die Magie der Technik", verriet er mir mit einem zufriedenen Grinsen.

In dem Moment wurde es mir klar: Er hatte mir kein einziges Quäntchen Magie gegeben, sondern eine versteckte Kamera.

5

ch presste irritiert die Zähne zusammen. „Also brauchst du meine Hilfe eigentlich nicht. Du brauchst nur jemanden, der die Kamera für dich trägt."

„Genau." Der Kater nickte enthusiastisch mit dem Kopf. „Wir brauchen eine, die so unauffällig ist, dass die anderen Magier sie nicht bemerken werden. Und da kommst du ins Spiel."

„Na toll, danke für nix." Er hatte mich schon oft beleidigt, und er würde es bestimmt wieder tun. Ich konnte nicht mein ganzes Selbstwertgefühl darauf stützen, was ein dummer Kater dachte, selbst wenn er derjenige war, der das Sagen hatte.

Er marschierte den Tisch entlang und blieb vor mir stehen. Seine Schnurrhaare zuckten nachdenk-

lich. „Obwohl, was hast du dir nur bei dieser Haar-
farbe gedacht? Sie ist nicht ganz so vergesslich wie
der Rest von dir."

Ich hob eine Hand und berührte mein kaugum-
mirosafarbenes Haar. Es war der einzige Beweis
dafür, dass ich jemals magische Fähigkeiten besessen
hatte. Ich hatte versucht, mich in einen Flamingo zu
verwandeln – eine lange Geschichte – und war stattdessen bei dieser einzigartigen und lebhaften neuen
Frisur gelandet. Sie war mir mittlerweile sehr ans
Herz gewachsen.

„Ich werde meine Haare nicht ändern", presste
ich durch zusammengebissene Zähne hervor. Okay,
vielleicht war ich immer noch ein wenig empfindlich,
aber niemand mochte es, beleidigt zu werden, nicht
wahr?

„Ich sage ja nicht, dass *du* es ändern sollst." Mr
Fluffikins drehte sich in einem engen Kreis und
zeigte dann mit seiner Pfote dramatisch auf mich.
„Ich werde es für dich tun!"

Ich schoss unter Protest von meinem Stuhl hoch.
„Das kannst du nicht machen. Magie oder nicht, ich
habe Rechte!"

Fluffikins starrte ungläubig auf die Pfote, die auf
mich gerichtet war.

„Was ist?", fragte ich, fast ängstlich zu erfahren,

was den normalerweise so blasierten Kater beunruhigt hatte.

Er antwortete nicht, aber er schaute einige Male von mir zu seiner Pfote, während er vor sich hinmurmelte. Ich glaubte, die Worte „nicht möglich" auszumachen, war mir aber nicht ganz sicher.

Trotzdem musste ich wissen, was hier vor sich ging, also riss ich die Brosche von meiner Brust und richtete sie auf mein Gesicht. Einen Sekundenbruchteil später erschien mein Bild auf der Projektionsfläche, mit kaugummirosa Haaren und allem Drum und Dran.

„Oh", sagte ich und sah mich selbst auf dem Bildschirm sprechen. „Du hast versucht, meine Haare zu verändern, aber du konntest es nicht. Heißt das, ich bin mächtiger als du?" Ich konnte nicht anders, als über diese unerwartete Wendung der Ereignisse zu lachen.

Mr Fluffikins fauchte ungehalten. „Es war nur ein Scherz. Ich hatte nie vor, deine blöden Haare zu ändern."

Wir wussten beide, dass das eine Lüge war. Aber ich verstand immer noch nicht, wie ich mich seiner Kräfte mit meiner temporären Magie hatte widersetzen können. Er war immerhin die stärkste magische Kreatur in der ganzen Region, es sei denn ...

„Okay, genug geglotzt", fauchte er, drehte sich um und marschierte zum hinteren Teil des Tisches. „Es ist Zeit für deinen Imagewechsel."

„Nein. Du wirst meine Haare nicht verändern", erinnerte ich ihn mit einem finsteren Blick. Dass er sie gerade nicht ändern konnte, war höchstwahrscheinlich nur ein Zufall. Im Großen und Ganzen gab es jedoch weitaus wichtigere Dinge, auf die ich mich konzentrieren musste. Zum Beispiel, diese Aufgabe mit gesundem Menschenverstand und halbwegs intaktem Selbstwertgefühl zu bewältigen.

„Die Haare können bleiben, aber der Rest von dir braucht ein Upgrade." Er hüpfte vom Tisch und trabte zu mir herüber. „Jetzt steh auf."

Ich stellte mich auf die Füße. Ein Teil von mir war beleidigt, aber der andere Teil war zu fasziniert, um zu widerstehen. Was könnte eine magische Umgestaltung mit sich bringen?

„Das ist nicht ganz mein Fachgebiet", gab der Kater zu, während er um mich herumlief. „Rufe Connie herbei", sagte er so deutlich, wie ich ihn noch nie zuvor gehört hatte. Er hielt tatsächlich nach jeder Silbe inne.

Sobald er den Befehl gegeben hatte, verschwand der Bildschirm aus der Mitte des Raumes und die funkelnde, rosa Magie schoss durch die Decke wie ein Golden Retriever, der einem Ball hinterherjagte.

„Sollte nur ein paar Augenblicke dauern", informierte Fluffikins mich, sprang hoch und ließ seinen Hintern auf den Tisch plumpsen, dann leckte er eine Pfote und fuhr sich damit über die Stirn.

„Connie ist für den Handel zuständig, richtig?", fragte ich und blieb stehen, während ich versuchte, mich an den Rest des Vorstands zu erinnern. Ich hatte beim letzten Mal niemanden kennengelernt, abgesehen von Parker, Greta und meiner jetzigen Begleitung. Fluffikins leitete den Vorstand, aber er bestand noch aus sechs weiteren, wichtigen magischen Persönlichkeiten der Gemeinde. Neben dem Vorsitzenden gab es die Stadthexe sowie Verbindungsleute zur Polizei, zu Schulen, Friedhöfen, zur Landwirtschaft und zum Handel.

Obwohl ich Connie während unseres letzten Abenteuers nicht sehr gut kennengelernt hatte, erinnerte ich mich daran, dass sie sehr gut gekleidet und ein wenig schroff in ihrer Ausdrucksweise gewesen war. Sie hatte sicherlich auch keine Angst, Fluffikins oder jemand anderem zu widersprechen.

Ein paar Minuten später schwebte sie bereits zu uns in den Sitzungssaal hinunter. Trotz der frühen Stunde sah sie aus, als hätte sie gerade ziemlich viel

Zeit im Salon verbracht. Sie hatte ein komplettes Make-up aufgelegt und trug ihr Haar perfekt frisiert. Ungeachtet ihrer Fülle bewegte sie sich mit müheloser Anmut. Ich war so fasziniert, dass ich den Blick nicht abwenden konnte.

„Was gibt es denn?", schnauzte sie in Richtung der Katze.

„Ich schicke Tawny los, um die Sache mit den verschwundenen Außendienstlern zu untersuchen. Sie muss entsprechend aussehen." Er schien sich nicht an ihrer Unhöflichkeit zu stören, obwohl er mir immer halb die Ohren abriss, wenn ich eine abfällige Bemerkung machte.

„Hmmm." Connie biss sich auf die Lippe, während sie mich studierte. Ein kleiner Blutstropfen bildete sich durch den entstehenden Druck, und ihre Zunge schoss heraus, um ihn abzulecken.

Ich machte vor Schreck einen gewaltigen Schritt rückwärts.

„Was? Hast du noch nie einen Vampir gesehen?", fragte sie und entblößte dann ihre Reißzähne vollständig, sehr zu meiner Überraschung und meinem Entsetzen.

Ich stolperte einen weiteren Schritt zurück, bis mein Rücken gegen die Wand stieß, und wimmerte leise. Würde ich wirklich auf diese Weise sterben?

6

lso, sprechende Katzen, Hexen und Engel sind allesamt in Ordnung, aber bei Vampiren ziehst du die Grenze, was?" Connies Worte waren scherzhaft, aber ihr Ausdruck spiegelte eindeutige Verärgerung wider. Vielleicht sogar einen Hauch von Feindseligkeit.

„Ich ..." Was hätte ich denn sagen sollen? *Nein, nein, nein. Du bist in Ordnung. Bitte akzeptiere mein Blut als Entschuldigung?* Auf keinen Fall.

„Entschuldigung", quietschte ich daher nur.

Connie schüttelte stirnrunzelnd den Kopf. „Entschuldigung ist nicht gut genug." Sie trat näher, die Augen auf meine wild pochende Halsschlagader gerichtet.

Uns trennten nur noch Zentimeter. Mit dem Rücken an die Wand gepresst, hatte ich keine Möglichkeit zu entkommen. Ich schluckte schwer und zwang mich dazu, nicht auf Connies Designer-Pumps zu kotzen.

„Bitte, friss mich nicht", jammerte ich kläglich, kniff die Augen fest zusammen und hielt den Atem an.

Connie und Fluffikins brachen beide in Gelächter über meine offensichtliche Angst aus.

„Bitte, friss mich nicht, du großer, furchterregender Vampir!", rief die Katze mit einer affektierten Stimme, die offenbar so wie meine klingen sollte.

Ich öffnete meine Augen wieder. Jetzt, wo ich nicht mehr ganz so viel Angst hatte, war ich wütend.

„Normalos", sagte Connie mit einem Seufzer. Ein leichtes Lächeln umspielte ihre Lippen. Ihre blutroten Lippen.

„Ich … ich finde es nicht gut, dass du dich über mich lustig machst", stotterte ich und versuchte, ruhiger und gefasster zu wirken, als ich mich tatsächlich fühlte. „Es ist nicht meine Schuld, dass ich noch nie einen Vampir im echten Leben getroffen habe."

„Das hast du wahrscheinlich schon", erwiderte Fluffikins mit einem nachdenklichen Gesichtsausdruck. „Du hast es nur nicht bemerkt."

Mir klappte vor Schreck die Kinnlade herunter.

„Lass mich raten", warf Connie ein, stemmte eine Hand in die Hüfte und starrte mich genauso aufmerksam an wie zuvor. Erst da bemerkte ich, dass sie nicht blinzelte. „Du hast all die alten Klassiker gelesen, wie Dracula, Twilight, Interview mit einem Vampir?"

„Äh, klar. Ich bin Autorin. Ich lese gern." So sehr ich auch mit dieser neuesten Enthüllung zurechtkommen wollte, schrien meine Instinkte immer noch, dass ich in Deckung gehen sollte.

„Ähm, zählt Twilight jetzt etwa zu den Klassikern?", fügte ich hinzu, um die Stimmung zwischen uns etwas aufzulockern.

Niemand lachte über meinen Witz.

Connies Nase zuckte, als müsste sie niesen, und dann sagte sie: „Die Normalos verstehen so viel falsch, und wenn sie endlich mal etwas begreifen, ist ihre Auffassung völlig veraltet."

„O... kay", sagte ich, denn es schien, als ob sie erwartete, dass ich etwas erwiderte.

„Vampire trinken kein Blut. Nicht mehr", fuhr sie fort. An diesem Punkt wurde mir klar, dass sich ihr Brustkorb nicht mit den normalen Atemzügen einer Lebenden hob und senkte. Wahrscheinlich, weil sie nicht lebendig war. Sie war ein verdammter Vampir.

Ich runzelte die Stirn und starrte sie an, teils ungläubig, teils in anhaltendem Entsetzen. „Warum hast du dann gerade …?"

Sie grinste zum ersten Mal. „Um dich zu ärgern, offensichtlich."

„Trinkst du Hirschblut wie die Cullens?" Je besser ich die furchteinflößende Kreatur verstand, die vor mir stand, desto weniger würde ich sie fürchten. Zumindest hoffte ich das.

„Nein, Liebes. Ich bin tot. Ich muss überhaupt nichts mehr essen oder trinken."

„Du bist also eher ein Zombie?"

Sie winkte herablassend mit einer fein manikürten Hand. „Nein, nein. Ich esse auch keine Gehirne."

Fluffikins hüpfte auf den Tisch und räusperte sich. „Erlaubt mir, einzugreifen. Das könnte sonst den ganzen Tag dauern."

Wir drehten uns beide in seine Richtung und warteten auf eine Erklärung.

„Vampire entziehen den Menschen die Lebenskraft, um zu überleben", verriet er mir.

Ein Schauer durchlief mich. „Ja, Blut."

Connie schüttelte den Kopf. „Das war einmal, aber jetzt nicht mehr."

„Was denn dann ...?"

„Geld", sagten sie beide gleichzeitig.

Ich dachte einen Moment lang darüber nach, konnte aber das, was sie jetzt sagten, nicht mit den Geschichten in Einklang bringen, die ich als Kind immer über Vampire gehört hatte.

„In eurer *modernen* Welt ..." Connie zeichnete mit den Fingern Anführungszeichen in die Luft. „... bedeutet Geld Unsterblichkeit. Wenn man genug davon hat, kann man sich praktisch vom Tod freikaufen."

„Nein, das stimmt nicht. Reiche Leute sterben ständig", argumentierte ich und weigerte mich, ihre Worte zu glauben. Sie hatte recht. Es schien, als ob ich bei Vampiren die Grenze zog.

„Nur die Normalos. Magier können ewig leben, wenn wir es wollen", erklärte Fluffikins. „Deshalb behauptet man unter anderem auch, dass Katzen neun Leben haben."

„Nein, das stimmt auch nicht. Mrs Haberdash ist doch erst letzte Woche gestorben", murmelte ich und bezog mich auf meine frühere Vermieterin, durch deren Tod meine Zusammenarbeit mit der APZ überhaupt erst begonnen hatte.

„Sie wollte kein Vampir werden", stellte Fluffikins

klar. „Ich habe ihr diese Option angeboten, bevor wir unseren Plan festlegten."

„Vorurteilsbehaftete alte Hexe", sagte Connie und fügte noch einen ausdrucksvollen Fluch hinzu, um das Ganze abzurunden.

„Wenn es so toll ist, ein Vampir zu sein, warum wollte sie diesen Weg dann nicht einschlagen?", fragte ich mich laut.

„Zu viele Fragen", sagte Fluffikins mit einem ungehaltenen Peitschen seines Schwanzes. „Connies Rolle bei der Agentur ist nicht das, worauf wir uns hier konzentrieren sollten. Du brauchst ein neues Gesicht."

„Es gibt gewisse Dinge, auf die man verzichten muss", flüsterte Connie, ihre Augen direkt auf mich gerichtet. „Man erlangt zwar Unsterblichkeit, aber für manche ist der Preis zu hoch."

„Was ist denn der ...?"

„Genug", knurrte Fluffikins. „Gib ihr einfach den passenden Look und verschwinde."

„Ich kann dich nicht leiden." Connie starrte den Kater an.

Er rümpfte die Nase und erwiderte spöttisch: „Ich habe nie verlangt oder erwartet, dass du mich magst, aber du hast einen Job zu erledigen, also mach schon."

Wenigstens war ich nicht die Einzige, die von Mr Fluffikins wie Dreck behandelt wurde. Trotzdem hatte ich noch so viele Fragen, die ich Connie stellen wollte. Hoffentlich würde ich später die Gelegenheit dazu bekommen ...

7

Nachdem ich also kurzerhand aus dem Sitzungssaal geschickt worden war, führte Connie mich in ein privates Büro, das ich zuvor noch nie betreten hatte.

„Ist das deins?", fragte ich und schaute mich in dem dunklen, fensterlosen Raum um. Statt eines typischen Schreibtischs mit Stuhl befanden sich zwei elegante und teuer aussehende Clubsessel darin, zwischen denen ein marmorner Beistelltisch stand. Vor ihnen lag ein dunkelvioletter Flokati.

Sie schnaubte. „Mehr oder weniger. In diesem Raum wird eher alles für die Inszenierung vorbereitet, was hauptsächlich meine Aufgabe ist, weil Fluffikins ein bisschen sexistisch drauf ist und die alte Greta keinen Funken Stilgefühl besitzt."

Ich sah sie fragend an. „Inszenierung?"

Es war eine völlig logische Frage, aber Connie kam unglaublich ungeduldig rüber. „Make-up, Kulisse, Glamour. Ich bin immer diejenige, nach der Fluffikins rufen lässt, wenn eine Verschönerung nötig ist."

„Warum magst du ihn nicht?", wagte ich zu fragen. So sehr mich der schwarze Kater auch nervte, war er doch wenigstens berechenbar. In Connies Nähe musste ich schwer auf der Hut sein. Ob sie nun tatsächlich versuchen würde, mein Blut zu trinken oder nicht, alles an ihr schrie GEFAHR in großen Neonbuchstaben.

„Es ist nicht so, dass ich ihn nicht mag. Ich kann es einfach nicht."

Ich verdrehte die Augen. Verdammt, ich und meine Reflexe. „Oh, okay. Das erklärt natürlich alles."

Sie wandte sich von mir ab und ging auf die Wand gegenüber der Sitzecke zu. „Du weißt sowieso schon zu viel. Sie hätten dir die Erinnerungen löschen und es dabei belassen sollen. Und Fluffikins hätte dich definitiv nicht für einen zweiten Auftrag heranziehen sollen, nachdem du beim ersten so einen Mist gebaut hast."

Ich runzelte die Stirn. „Oh, ich verstehe. Du magst mich auch nicht besonders."

„Kein bisschen", stimmte sie mir zu, während sie eine Hängetür zur Seite schob, hinter der ein riesiger Schrank zum Vorschein kam.

Ich schnappte nach Luft, als ich den prächtigen, luxuriösen Kleiderschrank sah, der sich in diesem schäbigen Bürogebäude befand. Er erstreckte sich weiter zurück, als ich mit bloßem Auge erkennen konnte. Er war definitiv magisch erweitert worden. Aber welche Verwendung hatte der Vorstand für diese riesige Kostümabteilung?

Connie atmete tief durch, als sie weiter hinein ging. „Warte dort", bellte sie. Ich fragte mich, warum sie so dramatisch einatmete, wo sie doch offensichtlich gar nicht atmen musste. Was wollte sie damit kommunizieren?

„Ich verstehe immer noch nicht, warum ich ein Styling brauche", rief ich und reckte den Hals, um sie zwischen den bunten Kleidungsstücken zu entdecken.

„Du brauchtest sowieso eins, mit oder ohne diesen Auftrag. Du solltest deinen Pyjama nicht außerhalb des Schlafzimmers tragen, Liebes." Selbst aus dieser Entfernung hörte ich deutlich, wie abfällig ihr Tonfall klang.

Ich verschränkte die Arme, um mein zerfleddertes T-Shirt zu verbergen, und wetterte leise vor

mich hin. Diese mürrische alte Vampirin ließ Fluffikins wie den reinsten Charmebolzen erscheinen.

„Wie läuft die Suche nach der neuen Verbindungsperson zur Polizei?", rief ich ein paar Augenblicke später in dem unbeholfenen Versuch,
Konversation zu betreiben.

„Nicht so toll", gab sie tonlos zurück.

„Ja, es wird schwer sein, Parker zu ersetzen",
stimmte ich zu. Insgeheim zog ich ihn in der Rolle
des Stadthexers vor, denn das bedeutete, dass wir
Nachbarn sein durften. Ich fühlte mich auf jeden Fall
sicher mit ihm auf dem Grundstück, und ich genoss
es, ihn durch mein Fenster zu beobachten, während
er den Garten zwischen unseren Häusern pflegte.

„Diesen   inkompetenten   Mitläufer?",   fragte
Connie, dann lachte sie grausam. Ich hatte langsam
den Verdacht, dass sie niemanden besonders leiden
konnte.

Von da an versuchte ich nicht mehr, sie anzusprechen, sondern wartete stattdessen still auf ihre
Rückkehr.

Kurze Zeit später erschien sie mit einem Stapel
dunkler, seidener Kleidungsstücke in den Armen –
größtenteils schwarz mit ein paar tiefen Violett-
Tönen als Kontrast.

Ich lächelte und versuchte zu scherzen. „Ist das

einfach eine paranormale Vorliebe, oder tragen wir alle schwarz, um unseren Chefkater zu ehren?"

Connie schnaubte. „Ich trage, was ich will. Du wirst das hier tragen." Sie drückte mir die Klamotten in die Hand, dann trat sie aus dem Schrank und schob das Paneel zu, um mir ein wenig Privatsphäre zu geben.

Zuerst dachte ich, dass das Outfit, das sie ausgesucht hatte, viel zu groß für meine Figur war, aber dann wurde mir klar, dass Hemd, Rock und Strickjacke absichtlich alle übergroß und bauschig waren. Ich sah aus wie die Großmutter der Braut auf einer Gruftihochzeit. *Na fabelhaft.*

Da ich nicht wusste, wie ich die Paneelwand öffnen sollte, klopfte ich, und Connie schob sie für mich auf.

Sie schürzte die Lippen und nickte leicht, dann wies sie auf einen Beistelltisch. „Da sind deine Accessoires", sagte sie bezüglich des riesigen Haufens von Halsketten, Armreifen und Schmuckstücken, die aus Münzen zu bestehen schienen.

Ich schluckte. „Das alles?"

„Ja, hoffentlich wird es reichen", erwiderte sie mit völlig ernstem Gesicht.

„Ich dachte, ich soll möglichst unauffällig aussehen", argumentierte ich, während ich einen gigantischen Ring aufhob und ihn auf einen meiner Finger schob.

„Und um das zu tun, gehst du undercover." Sie ließ sich auf den nächstgelegenen Stuhl sinken. Weder ihre Schritte noch das Hinsetzen selbst machten auch nur das geringste Geräusch. Selbst wenn sie mein Blut nicht wollte, war Connie doch ganz klar ein Raubtier der Sonderklasse.

Plötzlich verspürte ich den Drang, sie am Reden zu halten. Auf diese Weise würde ich wenigstens jederzeit wissen, wo sie war. „Als was soll ich undercover gehen? Scheherazade?"

„Eigentlich als eine Straßenhellseherin."

Ich spitzte die Ohren. „Was?"

„Du wirst in der Stadt einen Tisch mit deiner Kristallkugel und anderen Requisiten aufstellen und du wirst alles beobachten. Oder besser gesagt, Fluffikins wird durch dich alles beobachten."

„Dir ist klar, dass das unglaublich peinlich für mich sein wird, oder?"

„Ah, du hast immer noch Würde. *Niedlich.*" Irgendetwas sagte mir, dass sie es eigentlich nicht so süß fand, aber egal.

Ich zog mir ein metallisches Stirnband über die Stirn und legte mehrere Halsketten übereinander. Nachdem ich Armbänder hinzugefügt hatte, die mir auf jeder Seite bis zu den Ellbogen reichten, drehte ich mich in einem kleinen Kreis, um meinen neuen Look zu präsentieren. „Tada!"

Connie schnitt eine Grimasse. „Was soll das? Lass das gefälligst."

Ich seufzte tief. „Kann ich jetzt wieder zum Boss-kater gehen?" Ich konnte nicht glauben, dass ich tatsächlich wieder in seiner Gegenwart sein wollte.

„Eine letzte Sache", sagte Connie und schnippte mit den Fingern.

„Möchte ich wissen, was du gerade getan hast?", fragte ich zögernd.

„Nö. Und jetzt ab mit dir!"

Bevor ich noch etwas sagen konnte, schob sie mich aus der Tür und schlug sie hinter mir zu. Es schien, als würde ich alleine zu Fluffikins zurückkehren.

8

"Das hat ja lange gedauert", beschwerte Fluffikins sich, als ich in meinem prächtigen neuen Gewand erschien. „Lass uns gehen."

Ich erwartete, dass er uns zu unserem nächsten Ziel fliegen würde, aber stattdessen führte mich der drahtige, schwarze Kater nach draußen auf den Parkplatz, wo ein verbeulter alter Lastwagen stand.

Parker winkte vom Fahrersitz aus. Sein grau meliertes Haar war kürzlich geschnitten worden und brachte seine wunderschönen grauen Augen besser denn je zur Geltung. Ich konnte mir ein Lächeln nicht verkneifen.

„Ihr Menschen seid so offensichtlich", stöhnte

Fluffikins, kurz bevor ich die Beifahrertür öffnete. „Eure Paarungspheromone riechen schlimmer als meine Katzentoilette."

Parker, der offenbar jedes Wort gehört hatte, lachte in seinen Handrücken.

Währenddessen stand ich wie angewurzelt und absolut gedemütigt da. Ich fragte mich zum hundertsten Mal an diesem Tag, warum ich mich einer solchen Peinlichkeit ausgesetzt hatte. Es war nicht wegen Parker. Ich konnte ihn jeden Tag sehen, jetzt, wo wir Nachbarn waren. Warum ließ ich mich also von dieser kleinen Katze herumkommandieren?

Unbeeindruckt von meinem Stimmungsumschwung, sprang Fluffikins in den Wagen und nahm an Parkers Seite Platz, wobei er ungeduldig mit dem Schwanz schlug, so wie ein Mensch mit dem Fuß wippen würde.

„Komm rein", drängte Parker. „Ich beiße nicht", fügte er hinzu und biss kokett die Zähne zusammen. Okay, jetzt arbeiteten sie also beide daran, mich in Verlegenheit zu bringen. *Wunderbar.*

Ich atmete tief durch und stieg dann ein, wobei ich tunlichst jeglichen Blickkontakt vermied. „Warum fliegen wir nicht?", fragte ich, als Parker rückwärts aus der Parklücke fuhr.

„Wir können nicht gerade mitten in der Innenstadt landen, ohne ungewollt die Aufmerksamkeit der Normalos auf uns zu ziehen", erklärte Parker und bog auf die Hauptstraße ein.

„Okay. Das ergibt Sinn", stimmte ich zu.

Fluffikins legte eine Pfote auf mein Bein und wartete, bis ich ihn ansah. „Durch deine Bücher weißt du zwar ach so viel über Vampire, aber wie sieht es mit Hellsehern aus?"

Ich konnte nicht sagen, ob er es sarkastisch meinte oder nicht. Ich hatte auch keine Ahnung, wie ich diese Frage beantworten sollte. Es war ja nicht so, dass ich tatsächlich tote Angehörige in meinen Sitzungen herbeirufen würde oder so. Soweit ich wusste, sah der Plan vor, dass ich mich bis zu einem Durchbruch in diesem Fall durchschwindeln sollte. Hauptsächlich würde ich wohl als Schachfigur der APZ dienen – eine seltsam gekleidete Schachfigur mit einer erfundenen Hintergrundgeschichte –, aber eben nichts weiter.

„Vampire, hm? Dann hat Connie dir bei dieser kleinen Umgestaltung wohl geholfen. Du siehst übrigens echt gut aus, Tawny."

Mein Herz flatterte in meiner Brust. Ich liebte positive Aufmerksamkeiten von Parker, aber gleichzeitig wünschte ich mir, ich wäre ihm nie begegnet. Hätten wir uns nicht getroffen, dann wäre mein Gedächtnis gelöscht worden und ich hätte den ganzen Zauberkram hinter mir lassen können. Oder vielleicht wäre ich gar nicht erst mit der APZ in Berührung gekommen. Immerhin war er derjenige, der mich gegen meinen Willen hineingezogen hatte.

Fluffikins begann zu husten und zu würgen. „Da kommt mir doch ein Haarballen hoch. Schon wieder diese Pheromone."

Parker war schnell dabei, mich zu verteidigen. „Sei freundlicher zu ihr. Das ist alles sehr neu für sie."

„Die APZ hätte schon längst mit ihr fertig sein können, wenn du dich nicht eingemischt hättest", schnauzte der Kater. „Seit wann kümmern dich die Gefühle unserer Aushilfe? Wirst du im Alter etwa ein Softie?"

Parker schüttelte den Kopf und lenkte meine Aufmerksamkeit von der Straße weg. Als unsere Blicke sich trafen, schenkte er mir ein beruhigendes Lächeln. „Mach dir keine Sorgen wegen ihm. Dies sollte eine viel einfachere Aufgabe sein als beim letzten Mal. Du musst nur warten, ein paar Wahrsagungen machen und nach Problemen Ausschau halten."

Ich verschränkte die Hände in meinem Schoß.

„Zwei von drei sind einfach. Das einzige Problem ist, dass ich nicht weiß, wie man die Zukunft voraussagt."

„Dann unterscheidest du dich nicht von den meisten anderen angeblichen Hellsehern. Glaubst du, echte Magier verschwenden ihre Zeit mit Normalos?"

„Oh, wow. Heißen Dank", murmelte ich und sah wieder aus dem Fenster.

„Ich habe nicht dich gemeint. Du bist anders."

„Pheromone", miaute die Katze entnervt.

„Ach, komm, Fluffikins", stieß Parker hervor. „Erwartest du, dass wir uns überhaupt nicht unterhalten?"

„In meiner Gegenwart, nein." Ich blickte zu dem kleinen Kater hinüber und sah ihn mit hoch erhobenem Kopf und sturem Gesichtsausdruck dort sitzen.

„Dann ruf das nächste Mal jemand anderen, der den Truck fährt", schoss Parker zurück.

„Du weißt, ich würde es selbst tun, wenn ich könnte."

„Ja, aber das kannst du nicht, dank deiner unbeholfenen Pfoten."

An jedem anderen Tag hätte ich einen solch feurigen Schlagabtausch mit größtem Interesse verfolgt. Heute wollte ich jedoch nur lernen, wie ich meine Aufgabe zu erledigen hatte, damit ich sie zur Zufriedenheit dieser nervigen Katze beenden und in mein langweiliges, vorhersehbares Normaloleben zurückkehren konnte. Wen kümmerte es, wenn der Vorstand auf mich und mein zumeist einfaches Leben herabschaute? Ich liebte es genau so, wie es war ... bevor sie beschlossen hatten, alles zu vermasseln.

„Tawny", sagte Parker sanft. „Du wirst schon klarkommen. Sag einfach allgemeine Dinge und beobachte, wie der Kunde reagiert. Sammle Hinweise über ihre Kleidung, ihre Ausdrucksweise und so weiter. Glaube mir, das wird reichen."

„Hört sich an, als hättest du das schon mal gemacht", bemerkte ich, unfähig, ein Lächeln zu unterdrücken. Ich musste wirklich aufhören, mich in ihn zu verknallen, für meinen eigenen Verstand und meine zukünftige Sicherheit.

Er lachte und zuckte mit den Schultern. „Vielleicht ein- oder zweimal als Partytrick."

„Ihr Normalos seid so leicht zu beeindrucken", fügte die Katze mit einem Hauch von Spott hinzu.

„Und ihr Magier macht alles unnötig kompliziert", fauchte ich. „Es gibt keinen Grund dafür, dass ich mich so verkleiden musste, nur um eine einfache Überwachung durchzuführen."

„Eigentlich schon", sagte Parker überraschend.

„Was meinst du damit?"

„Du wirst schon sehen", sagte er mit einem Lächeln, das ich als Warnung für das, was kommen würde, auffasste.

9

Die Innenstadt von Beech Grove, Georgia, war nur einen Katzensprung von meinem Haus entfernt ... Zumindest wäre sie das, wenn wir den vorherigen Umweg über das Hauptquartier der APZ übersprungen hätten. Das malerische Geschäftsviertel war einer der Gründe, warum ich mich überhaupt für den Umzug hierher entschieden hatte. Die altmodischen Ladenfronten waren sowohl eigentümlich als auch charmant. Trotz ihres Status als besonders kleine Stadt, zog Beech Grove eine ganze Reihe von Rentnern an, weil hier fast das ganze Jahr über perfektes Wetter herrschte.

Jetzt, wo ich mehr über die verborgenen, paranormalen Agenten wusste, die hier lebten, vermutete ich, dass Magie mehr als nur ein bisschen damit zu tun hatte. Ich sollte daran denken, später danach zu fragen, vorausgesetzt, Fluffikins versuchte nicht, mein Gedächtnis nach der heutigen Spionagemission wieder auszulöschen.

Parker schnappte sich eine Reisetasche von der Ladefläche und reichte sie mir, dann zog er einen klappbaren Kartentisch und ein paar Stühle heraus und schlug die Wagentür zu.

Fluffikins trabte dicht hinter uns her, ohne etwas zu tragen.

Nach etwa anderthalb Blocks hielten wir vor einem Fischhändler namens FISCHERS FRITZ, und Parker begann, den Tisch aufzubauen.

„Könnten wir vielleicht eine andere Stelle aussuchen? Diese hier …" Ich wedelte mit einer Hand vor meinem Gesicht hin und her, aber der feuchte Fischgeruch ließ sich nicht vertreiben. „… riecht ein bisschen fischig."

„Die Außendienstmitarbeiter kommen in ihren Pausen gerne in diese Gasse und lassen sich die Reste schmecken, die der Fischhändler für uns in den Müllcontainer wirft. Es ist ein guter zentraler Standort für dich, um alles gründlich zu beobachten und dich mit dem Team vertraut zu machen", erklärte der Kater, nachdem er sich vergewissert hatte, dass niemand sonst in Hörweite war.

Parker bedeutete mir, ihm die Tasche zu geben, was ich auch tat. Dann stellte er sie auf den Tisch und begann, verschiedene Sachen herauszuholen.

„Was ist das alles?", fragte ich und studierte das bunte Sortiment an Karten, Kristallen und allerlei anderem Krimskrams. Ich wich erschrocken zurück, als er einen menschlichen Schädel hervorholte.

Parker schob ihn mir zu und kicherte. „Das ist nur Fred Schädel. Hab keine Angst vor Fred."

„Ist der lebendig?" Ein Schaudern durchlief mich. Natürlich wusste ich, dass ein körperloser Schädel mich nicht verletzen konnte, aber er machte mir trotzdem Angst.

„Er war es einmal, vor langer Zeit. Jetzt benutzen wir ihn nur noch als Kommunikationsmittel. Na los", sagte Parker und schob den unheimlichen Fred Schädel noch näher an mich heran. „Sag hallo."

„Ähm, hallo", quietschte ich und winkte vorsichtig.

Der Kiefer des Schädels öffnete und schloss sich beim Sprechen, aber es war die Stimme von Mr Fluffikins, die herauskam. „Hört auf, rumzuspielen, und macht euch an die Arbeit!"

„Holla", sagte ich dümmlich. Selbst bei all der Magie, die ich in den letzten Tagen gesehen hatte, ließ mich Fred Schädel dennoch stutzen.

„Jetzt werden wir beide uns problemlos unterhalten können. Die Normalos werden einfach annehmen, dass es ein Gag sei", erklärte Fluffikins via Fred.

Parker setzte den Schädel nahe der Tischkante ab. „Wenn du den Bosskater anrufen musst, klopfst du Fred zweimal auf den Kopf und sagst dann, was du zu sagen hast."

Ich schlang die Arme um meinen Oberkörper. „Ich nehme an, ein Handy wäre zu offensichtlich gewesen?"

„Pah, langweilig", murrte Fluffikins, als er auf den Tisch neben dem makabren Kommunikationsgerät sprang. „Außerdem haben wir die Fred-Technologie schon Jahrhunderte entwickelt, bevor dieser Bell auftauchte und der allgemeinen Bevölkerung eine Kostprobe unserer Genialität brachte."

„Aha. Und wozu ist das hier gut?", fragte ich und deutete auf die Glaskugel, die Parker herausgeholt hatte und nun sorgfältig auf einem goldenen Ständer direkt vor einem der beiden Stühle arrangierte.

„Das ist dein Leuchtfeuer", erklärte Parker. „Wenn es ein Problem gibt, blinkt es in einer Farbe, die der Warnung entspricht, die wir geben wollen."

Dieses Mal rollte ich tatsächlich mit den Augen. Es schien, als ob sie die Dinge unnötig kompliziert machten, nur damit sie ein bisschen dramatisches

Flair hinzufügen konnten. „Noch mal … Ihr wisst schon, dass es Handys gibt, oder?"

„Hör auf, alles in Frage zu stellen und hör einfach zu", fauchte Fluffikins.

„Richtig." Parker nickte. „Es blinkt in drei Farben: rot, gelb und grün."

Mr Fluffikins nahm die Erklärung an dieser Stelle wieder auf. „Gelb bedeutet, dass eine potenzielle Gefahr droht und grün …"

„Heißt, dass alles in Ordnung ist?", vermutete ich.

Fluffikins bäumte sich auf und zischte: „Um Himmels willen, nein. Grün bedeutet höchste Alarmbereitschaft. Gefahr im Verzug. Und unterbrich mich nicht dauernd."

„Ähm, sollte das nicht rot sein? Du weißt schon, Alarmstufe Rot?" Dieses System hatte keinen Sinn, und wenn seine Sinnlosigkeit mich umbringen würde, wäre ich stinksauer.

„Rot bedeutet, dass das Problem gelöst wurde und du wieder zur Normalität zurückkehren kannst", sagte Parker. Er legte eine Hand auf die Kugel und klopfte mit den Fingern darauf.

„Okay, das ergibt irgendwie Sinn", räumte ich ein, auch wenn ich dafür in meinem Gehirn komplett neu programmieren müsste, was diese Farben bedeuteten, nachdem ich jahrelang (meistens) die Verkehrsregeln beachtet hatte.

Parker grinste. „Jau."

„Es ist aber auch irgendwie verwirrend", fügte ich hinzu.

Sein Grinsen wurde breiter. „Jau."

Großartig. Nun, solange wir uns alle einig waren …

„Wenn du die Dinge kritiklos hinnehmen würdest, wäre das für uns alle viel einfacher", sagte der gruselige Schädel zu mir. Und obwohl ich wusste, dass Mr Fluffikins derjenige war, der durch ihn sprach, konnte ich nicht anders, als Fred Schädel direkt anzusprechen.

„Das widerspricht doch der ganzen Heimlich-tuerei bezüglich der paranormalen Welt, die du hier am Laufen hast, oder nicht?"

Fluffikins fauchte ungehalten.

Parker ließ den Kopf hängen und lachte.

Ich stand einfach nur verwirrt da. Vielleicht würde dieser neue Auftrag ja doch nicht einfacher sein als der letzte.

10

„Wofür ist der zweite Stuhl?", fragte ich, nachdem ich endlich tief durchgeatmet und mich in meinem niedergelassen hatte.

Parker und Fluffikins wechselten einen merkwürdigen Blick.

„Mach schon. Sag es ihr", drängte Parker, der an meiner Seite stand. „Du hast es lange genug vor ihr verheimlicht. Sie wird es sowieso jeden Moment herausfinden."

Der Kater stöhnte, dann setzte er sich vor mir auf den Tisch. Er legte den Kopf schief, weitete die Augen und sah dann zu Parker hinüber.

Ich drehte mich um, um in dieselbe Richtung zu

schauen, und bemerkte ein älteres Paar, das Hand in Hand ging und sich uns langsam näherte.

„Na schön, dann muss ich wohl." Parker räusperte sich. „Lange Rede, kurzer Sinn, die APZ hat eine neue Praktikantin, und sie wird dir bei diesem Auftrag assistieren."

„Oh, gut. Dann wird es nicht ganz so langweilig sein, den ganzen Tag hier rumzusitzen." Ich lehnte mich in meinem Stuhl zurück und streckte die Beine vor mir aus, dann setzte ich mich jedoch wieder kerzengerade hin, als mir etwas klar wurde. „Moment mal ... Ich dachte, ihr stellt abgesehen vom Vorstand keine festen Mitarbeiter ein? Was hat es mit dieser Praktikantin auf sich?"

Parker steckte eine Hand in seine Hosentasche und räusperte sich. „Normalerweise, äh ... nein. Aber sie würde sich gerne für die offene Stelle der Verbindungsperson zur Polizei bewerben, und wir würden es vorziehen, sie zuerst probearbeiten zu lassen, bevor wir eine so wichtige Entscheidung treffen."

Seine Worte hätten mich beruhigt, wenn die beiden sich nicht so seltsam verhalten würden. Sie verschwiegen mir absichtlich etwas, und das gefiel mir überhaupt nicht.

Ich nickte langsam. „Das hat Sinn, aber warum braucht ihr mich dann überhaupt? Es scheint, dass jemand, der qualifiziert genug ist, um für diese Stelle in Betracht gezogen zu werden, allein zurechtkommen sollte. Oder liege ich da falsch?"

Parker blickte in Richtung des älteren Paares und lächelte. Sie waren noch einige Schritte entfernt. Er hielt seinen Blick knapp über meinen Kopf gerichtet, während er sprach. „Wir brauchen jemanden, der ein Auge auf sie wirft, und da ihr euch ja bereits kennt ..."

„Was? Ich kenne hier doch kaum jemanden!", argumentierte ich. Gleichzeitig verkrampfte sich mein Magen vor Nervosität.

Parker interessierte sich plötzlich sehr für den Gehweg. Er murmelte etwas, aber ich konnte es nicht verstehen.

Also stand ich auf und stellte mich direkt neben ihn. „Was hast du gesagt?"

Er erwiderte kurz meinen Blick. „Ähm, es handelt sich um ... ähm ... Melony Haberdash."

„Was?", explodierte ich. „Aber sie hat versucht, mich umzubringen!"

„Hat sie aber nicht", betonte Parker mit einem zögerlichen Grinsen und einem lahmen Achselzucken.

„Und irgendwie qualifiziert sie das jetzt, für euch zu arbeiten?"

Als er nicht antwortete, warf ich die Hände in die Luft. „Wenn sie dabei ist, bin ich raus." Das Haus war nicht weit weg. Ich könnte zurückeilen und die Tür verbarrikadieren. Oder ich könnte mir ein Versteck suchen. Oder eine Mitfahrgelegenheit finden und die Stadt verlassen, ohne vorher meine Sachen zu packen. Keine dieser Möglichkeiten war toll, aber alle waren besser als durch die Hand eines schlecht gelaunten Teenagers zu sterben.

Doch bevor ich losstapfen konnte, sprach Fred Schädel. „Halte deine Freunde nah und deine Feinde näher", mahnte Fluffikins' zischende Stimme.

„Das stimmt", sagte Parker, offenbar durch die Worte seines Vorgesetzten bestärkt. „Ob es dir gefällt oder nicht, Melony ist durch die Abstammung ihrer Familie an diese Stadt gebunden. Sie kann natürlich nicht Stadthexe sein, da ich diese Rolle jetzt ausfülle, und ich definitiv nicht vorhabe, in nächster Zeit ermordet zu werden. Trotzdem ist sie eine mächtige junge Magierin. Wir müssen ihr die Chance geben, sich zu rehabilitieren."

„Nein, müsst ihr nicht", sagte ich kalt. Ich konnte immer noch nicht glauben, dass er dieser albernen Logik folgte. Melony und ihr Großvater hatten versucht, auch ihn zu töten. Sie hatten versucht, uns alle zu töten! Und ich war ja dafür, nicht nachtragend zu sein – abgesehen von dreckigen, fremdgehenden Ex-Ehemännern –, aber seitdem war noch keine Woche vergangen!

Ich stand da und überlegte immer noch, wie ich am besten vorgehen sollte. Ich bezweifelte, dass ich tatsächlich vor der Agentur für paranormale Zeitarbeit weglaufen oder mich verstecken konnte. Auf die eine oder andere Weise würden sie mich erwischen und zurück in den Dienst zerren.

Während ich meine nicht vorhandenen Optionen abwog, ging das ältere Ehepaar an mir vorbei und betrat nacheinander das FISCHERS FRITZ. Beim ekelerregenden Geruch des mehr oder weniger frischen Fischs drehte sich mir der Magen erneut um.

„Überleg doch mal“, sagte Parker sanft. „Sie könnte besonders nützlich sein, wenn ihr Großvater weiterhin Probleme macht. Und das ist der schnellstmögliche Weg, die Stelle zu besetzen. Sonst könnte es Jahre dauern. Diese Dinge brauchen so viel Zeit, und währenddessen ist unsere Position in der Region verwundbar.“

Sie sagten mir, ich solle darüber nachdenken, aber in Wirklichkeit meinten sie, ich solle einfach ihre Logik akzeptieren und tun, was man mir sagte. Das war für mich nicht in Ordnung. „Ich will nicht ...“, begann ich.

Aber ich wurde unterbrochen, als die Tür des Fischladens aufschwang. Greta kam heraus. Sie war die Verbindungsfrau für die Schulen, und ein Engel. Sie hatte mir beim letzten Mal das Leben gerettet. Ich rannte ihr entgegen, um sie zu umarmen, immer noch unendlich dankbar für alles, was sie getan hatte. Es war mir sogar egal, dass der Gestank des Fischs, der heute im Angebot war, nur noch stärker wurde, als ich näher kam.

Aber anstatt meine Geste der Zuneigung zu erwidern, zuckte Greta zurück. Erst da schaute ich an ihr vorbei, um eine zweite Person in der Tür stehen zu sehen.

Melony.

11

Melony entdeckte mich ungefähr zur gleichen Zeit, als ich sie entdeckte. Sofort kniff sie die Augen zusammen und hob die Hand, als wollte sie mich mit einem Zauberspruch belegen ... wieder einmal.

„Ihr wollt mich wohl verarschen. Das ist mein Babysitter?", fauchte sie die anderen an, ohne ihren Blick von mir abzuwenden.

Nun, zumindest beruhte mein Widerwille auf Gegenseitigkeit.

„Mir gefällt das auch nicht", sagte ich, verschränkte die Arme vor der Brust und wandte den Blick ab. Hoffentlich hielt sie mich jetzt nicht für unterlegen, weil ich als Erste den Blickkontakt abgebrochen hatte.

„Und mir ist es egal, was ihr darüber denkt", mischte Fluffikins sich über Fred Schädel ein. „Ihr benehmt euch gefälligst, oder ihr werdet beide exkommuniziert."

Ich grinste über das kleine Hintertürchen, das er gerade versehentlich preisgegeben hatte. „Ach, also wenn ich meine Sache diesmal gut mache, dann hörst du auf, mir diese nervigen Zeitarbeitsjobs aufzuzwingen?"

„Tu das nicht", sagte Parker, während er nach meiner Hand griff. „Wir brauchen dich, Tawny, und du schaffst das. Ich weiß, dass du das kannst."

Das Blut stieg mir in die Wangen, aber ich zog meine Hand nicht weg.

Melony klimperte mit den Wimpern und lehnte sich dicht an Parkers andere Seite. „Was ist mit mir?"

Er warf ihr einen fragenden Blick zu, und in diesem Moment erkannte ich, dass er sie genauso wenig mochte oder ihr vertraute wie ich.

Während sie seine Aufmerksamkeit hatte, zwinkerte Melony mir zu und streckte mir dann die Zunge raus. Pah, Teenager.

Fluffikins sprang Parker in die Arme, und sowohl Melony als auch ich wichen zurück. „Machen wir uns auf den Weg, Barnes. Sie sollten es von hier aus selbst packen."

Parker nickte. „Klar doch." Dann drehte er sich kurz zu mir um und sagte: „Tawny, denk an die Werkzeuge, die dir zur Verfügung stehen. Wenn du etwas brauchst, zögere nicht, sie zu benutzen. Ich komme später vorbei, um nach dir zu sehen."

„Natürlich, der sprechende Schädel und die bunte Kugel. Kein Problem." Ich streckte die Daumen hoch und zwang mich zu einem Grinsen.

Parker lächelte, dann lief er mit dem Bosskater im Schlepptau die Straße hinunter. Ich behielt sie im Auge, bis sie den Truck erreichten und hineinkletterten.

„Schätze, jetzt sind's nur noch wir beide", murmelte ich meiner neuen Begleiterin zu, als der Motor aufheulte und die Jungs davonfuhren. Wir standen auf dem Bürgersteig vor dem Fischhändler, ein paar Schritte von unserem Tisch entfernt. Es konnte nicht viel später als neun Uhr morgens sein, und obwohl der Fußgängerverkehr in der Nähe zuzunehmen begann, schien es immer noch zu früh dafür zu sein, zum Fischmarkt zu gehen.

Das gab uns ein unangenehmes Maß an Privatsphäre.

Ich beobachtete Melony aus dem Augenwinkel. Sie trug dieselben zerschlissenen Kampfstiefel wie bei unserer letzten Begegnung, als sie und ihr Großvater mich gefesselt und gefangen genommen hatten, um mich zu töten. Außerdem hatte sie ein langes, fließendes Kleid an, das größtenteils marineblau war, mit kleinen schwarzen Rosen, die auf dem wallenden Stoff verteilt waren. Dazu hatte sie sich einen schwarzen Pashminaschal um die Schultern gewickelt, aber im Gegensatz zu mir trug sie kein einziges Schmuckstück.

„Halt die Klappe." Melony schob einen der Campingstühle zurück und ließ sich daraufplumpsen.

Ich sah ihr in die Augen, die mit einem dicken, schwarzen Kajalstrich umrandet waren. Außerdem trug sie einen dunkelblauen Lippenstift, der wahrscheinlich zu ihrem Kleid passen sollte, ihr aber stattdessen ein leichenhaftes Aussehen verlieh.

„Ja, ist wahrscheinlich besser so", sagte ich zu ihr. „Das letzte Mal, als wir miteinander gesprochen haben, habe ich dich überlistet und deine bösen Pläne total ruiniert. Dein Opa war nicht allzu glücklich darüber, hm?"

„Halt den Rand", sagte sie und stampfte mit ihrem Stiefel auf wie ein Kleinkind, das kurz vor einem Wutanfall stand.

Ich wusste, dass ich sie wahrscheinlich nicht hänseln sollte, aber ich war immer noch ziemlich wütend über die ganze Angelegenheit, die erst wenige Tage her war. „Warum willst du überhaupt für Mr Fluffikins arbeiten? Vielleicht, weil eure Machtergreifung nicht geklappt hat, und das hier ist jetzt der Ersatzplan?"

„Ich muss dir gar nichts sagen", wetterte sie. Dieses wenig entgegenkommende Verhalten hatte ich bei den anderen bisher nicht erlebt. Hasste sie mich wegen meines nichtmagischen Status? Ich konnte nicht sagen, ob es eine Art Vorurteil war, an das ich bisher nicht gewöhnt war, oder ob sie mich aus persönlichen Gründen nicht mochte. Keine der beiden Möglichkeiten erschien mir besonders toll, da ich sie vorerst ja am Hals hatte.

„Weißt du, dass du mir so konsequent nicht antwortest, hilft mir jetzt nicht gerade, dir mehr zu vertrauen", bemerkte ich mit einem Achselzucken, als ob es keine Rolle spielen würde, obwohl es tatsächlich sehr wichtig war.

Sie rollte mit den Augen und holte ihr Telefon aus der Tasche. „Du brauchst mir nicht zu vertrauen. Ich will nur, dass du aufhörst zu reden und dich darauf konzentrierst, diesen Auftrag zu erledigen, damit wir uns nie wiedersehen müssen."

„Was ist eigentlich mit deinem Opa passiert?", fragte ich und wünschte, ich wäre an diesem Morgen wach genug gewesen, um an mein Handy zu denken. Es hätte mich definitiv von der Feindseligkeit zwischen uns abgelenkt.

Melony seufzte schwer. „Ich weiß es nicht."

„Also bist du jetzt zu ängstlich, um allein zu sein?" Ich hob fragend eine Augenbraue, aber sie wandte den Blick nicht von dem winzigen Bildschirm in ihren Händen ab. „Lieber die Seiten wechseln, als ohne einen Chef weitermachen, der einem sagt, was man zu tun hat?"

„Ich schulde dir keine Erklärungen", wiederholte sie und schob sich dann ein Paar Hörer in die Ohren.

Jetzt seufzte ich. „Ich sehe schon, das wird ein langer Tag."

Sie schaute mich kurz an und entfernte einen Hörer. „Er geht schneller vorbei, wenn du ..."

„... aufhörst zu reden. Schon verstanden."

Ich würde definitiv so schnell wie möglich aus Beech Grove wegziehen, um zukünftige Treffen wie dieses zu vermeiden. Ich musste nur den heutigen Tag überleben, dann konnte ich anfangen, meine Koffer zu packen.

Und hoffentlich vergessen, dass Magie jemals existierte.

12

Zuerst schaute ich mich um, auf der Suche nach irgendetwas Verdächtigem, das in der Stadt passierte. Nachdem jedoch ein paar ereignislose Stunden verstrichen waren, kam ich zu dem Schluss, dass Fluffikins wahrscheinlich alles, was er brauchte, über meine Broschenkamera selbst sehen würde, und ging dazu über, ins Leere zu starren und abzuwarten, bis ich heimlich einen Blick auf Melonys Handy warf, um zu überprüfen, wie viel Zeit seit meinem letzten Check vergangen war.

Gegen elf begannen die Leute endlich zum Fischhändler zu strömen, in der Hoffnung auf ein frühes Mittagessen. Und fünfzehn Minuten später hatten wir den ersten Abnehmer für unsere Dienste.

„Wie viel kostet eine Wahrsagung?", fragte ein

Mann in schmuddeligen Khakihosen und einem armeegrünen Flanellhemd über einem Sport-T-Shirt.

„Oh, hallo." Ich stieß Melony mit dem Ellbogen in die Seite, um ihre Aufmerksamkeit zu erregen.

„Was habe ich dir vorhin gesa…" Sie setzte ein breites, falsches Lächeln auf, als sie unseren Besucher bemerkte. „Sie sind also hier, damit die wunderbare Miss Melony einen Blick in Ihre Zukunft wirft?"

„Ja. Wie viel?", wiederholte er und nickte.

„Das ist umsonst", sagte ich.

Gleichzeitig sagte Melony: „Zwanzig Dollar."

Der Mann sah mich an, offensichtlich bevorzugte er meine Preisgestaltung.

„Hören Sie nicht auf sie. Sie ist nur die Assistentin. Ich bin hier diejenige mit hochentwickelten übersinnlichen Kräften." Melony schnappte sich die Tarot-Karten und begann zu mischen. „Ich sag Ihnen was. Wir treffen uns in der Mitte. Nur zehn Dollar, und glauben Sie mir, Sie bekommen hier ein verdammt gutes Angebot."

Er nickte und zog seine Brieftasche heraus, um Melony zu bezahlen.

Sie schnappte sich das Geld und steckte es in ihre Handyhülle. „Und nun, ziehen Sie eine Karte." Sie hörte auf zu mischen und breitete die Karten vor ihm auf dem Tisch aus.

Unser Kunde tat, wie ihm geheißen, und deutete auf die Mitte des Stapels.

Meine hellsichtige Begleiterin nickte und nahm die Karte auf, wobei sie sie sowohl vor dem Mann als auch vor mir verbarg. „Wie heißen Sie denn?"

„Tom", sagte er mit einem Lächeln, das schiefe Zähne offenbarte. „Schön, Sie kennenzulernen. Ich hoffe, Sie können mir sagen, ob meine Frau ..."

Melony knallte die Karte auf den Tisch und unterbrach ihn mitten im Satz. „*Der Tod*. Ich denke, das ist selbsterklärend. Genießen Sie Ihren Tag. Davon haben Sie jetzt nicht mehr allzu viele."

„Melony!", rief ich und schob ihr die Karten zu, sodass einige vom Tisch flogen.

Der mürrische Mann hatte sich bereits einige Schritte mit hängenden Schultern und schlurfendem Gang von unserem Tisch entfernt. Armer Kerl.

„Warten Sie, Tom", rief ich ihm nach und stand auf. „Hören Sie nicht auf sie. Das sollte nur ein kleiner Scherz vor der richtigen Wahrsagung sein. Lassen Sie uns einen Blick in meine Kristallkugel werfen."

Sein verhärmter Gesichtsausdruck brach mir praktisch das Herz, während er sich wieder in unsere Richtung drehte und sich meiner Seite des Tisches näherte.

Ich stellte die Kugel vor mich. Währenddessen war Melony schon wieder mit ihrem Telefon beschäftigt, was bedeutete, dass es an mir lag, seine Stimmung zu verbessern.

Treffe allgemeine Aussagen und beobachte die Zielperson, um Hinweise darauf zu erhalten, was sie vielleicht hören will. Das hatte Parker vorgeschlagen, und das würde ich jetzt auch tun.

Bevor Melony ihn mit ihrer makabren Vorhersage unterbrochen hatte, war Tom gerade dabei gewesen, eine Frage über seine Frau zu stellen. Ich bemerkte auch, dass er einen einfachen Goldring an seinem linken Ringfinger trug. Sein Äußeres war ein wenig zerzaust, und ich vermutete, dass er einer schlecht bezahlten, körperlichen Arbeit nachging. Er hatte sich an uns gewandt, weil er sich seine Zukunft voraussagen lassen wollte, was bedeutete, dass er auf irgendeine Art von Antwort aus war.

Ich ließ meine Hände über die Kristallkugel kreisen und behielt meinen ernsten Gesichtsausdruck bei. „Ja, ja. Es wird jetzt alles klar, Tom."

„Wirklich? Was sehen Sie?", fragte er, wobei ein kleines Lächeln seinen Mund umspielte.

Und dann ließ ich die Liebesromanautorin in mir heraus. „Trotz der jüngsten Schwierigkeiten liebt Ihre Frau Sie immer noch sehr. Für Ihren nächsten

Jahrestag sollten Sie sich etwas Besonderes überlegen und sie statt mit gewöhnlichen Geschenken mit einem romantischen Ausflug überraschen. Diese Zeit zu zweit zu verbringen, weit weg von der Hektik des Alltags, wird Ihre Ehe stärker als je zuvor machen und Sie beide wieder mit neuer Lebenslust erfüllen."

Toms Lächeln stockte. „Aber was ist mit der Todeskarte, die Ihre Freundin gezogen hat?"

Igitt. Ich versuchte, nicht zusammenzuzucken, als er Melony beiläufig als meine Freundin bezeichnete, da wir alles andere als das waren. Ich wusste zwar sehr wenig über Tarot, aber ich neigte dazu, mich ziemlich gut aus Schwierigkeiten herauszureden, also beschloss ich, es zu versuchen, anstatt ihn noch einmal daran zu erinnern, dass Melony nur versucht hatte, ihn mit ihrer gefälschten Vorhersage auf die Palme zu bringen.

Nicht, dass meine authentischer wäre, aber trotzdem …

„Die Todeskarte, ja." Ich rieb mir die Schläfen, als ob ich tief in Gedanken versunken wäre. „Es ist eine sehr mächtige Karte, aber sie sagt nicht den buchstäblichen Tod voraus. Eher das Ende einer Ära. Ihre Sorgen werden bald vorbei sein. Bleiben Sie auf dem jetzigen Weg, dann werden Sie es schon sehen."

Jetzt wirkte er noch trauriger als vorhin, nachdem

Melony die Todeskarte gezogen hatte. „Sie meinen, ich werde meinen Job verlieren? Das habe ich schon befürchtet."

„Nein, nein, nein", rief ich. „Es ist eine positive Veränderung. Keine schlechte."

„Aber Sie sagten …"

„Sie nehmen das zu wörtlich", stotterte ich. „Gehen Sie nach Hause und denken Sie über das nach, was ich gesagt habe, und bald wird Ihnen alles klar werden."

„Okay, danke." Tom ließ den Kopf hängen und schlurfte davon.

Ich sah ihm hinterher, fragte mich, was ich hätte anders machen können und hoffte, dass Melony und ich seinen Tag nicht zu sehr ruiniert hatten.

In diesem Moment fiel mir ein verschwommener, schwarzer Fleck auf.

Er bewegte sich blitzschnell auf uns zu …

13

Als der verschwommene Fleck näher kam, passierten zwei Dinge. Mir wurde klar, dass ich wahrscheinlich einen Augenarzt aufsuchen musste ... und außerdem nahm die dunkle Form endlich Gestalt an.

Es war eine schmale, langhaarige Katze, dunkelgrau, mit schwarzen Streifen. Er bog scharf in die nahe gelegene Gasse ein, und ich stand sofort auf, um ihm zu folgen.

Wenn Melony meinen abrupten Aufbruch bemerkte, sagte sie nichts dazu – und machte auch keine Anstalten, mir zu folgen. Das war definitiv besser so.

„Hey, Moment mal!", brüllte ich, als ich in die Gasse stürmte.

Dort stand der zottelige Maine Coon am Rand des Müllcontainers, bereit, hineinzuspringen. Als er mich bemerkte, richtete er sich auf und wartete.

„Können Sie sprechen?", fragte ich.

Sein Schwanz zitterte, aber er sagte nichts.

„Sie sind ein Außendienstmitarbeiter, richtig?", versuchte ich es erneut.

Er zuckte mit den Schnurrhaaren und stieß dann ein raues Miauen aus.

Hm. Ich brauchte einen anderen Ansatz. Ich löste die Brosche von meiner Kleidung, die Mr Fluffikins mir geschenkt hatte, und hielt sie der Katze hin. „Ich arbeite auch für den Vorstand. Sehen Sie, Mr Fluffikins hat mir das gegeben. Ich bin hier, um herauszufinden, was es mit den vermissten Außendienstmitarbeitern auf sich hat."

Er betrachtete mich starr, offenbar nicht gewillt, mit mir zu sprechen.

Ich war gerade dabei, die ganze Sache aufzugeben, als eine zweite Katze aus dem Müllcontainer sprang und mit einem dumpfen Aufprall auf dessen Rand landete. Die pummelige Katze brauchte einen Moment, um sich aufzurappeln, bevor sie mich ansprach.

„Warum sollte der Chef Sie schicken?", fragte sie

mit einer schrillen Stimme, die in meinen Ohren schmerzte.

„Sei still, Mungo", zischte der bisher schweigsame Maine Coon. „Sie war gerade dabei, wegzugehen und uns unser Essen zu überlassen."

„Hey, hey. Ich komme in Frieden." Ich streckte beide Hände vor mir aus und näherte mich langsam. „Ich will nur herausfinden, was hier passiert, damit nicht noch mehr Feldagenten verschwinden und damit ich nach Hause gehen und zu meinem Leben zurückkehren kann."

Das Fell sträubte sich auf Mungos Rücken. „Warte mal, Lester. Was ist mit denen, die bereits verschwunden sind? Will sie die etwa nicht zurückholen?" Ihre schrille Stimme bohrte sich tief in mein Hirn und verursachte mir augenblicklich Kopfschmerzen.

Es dauerte einen Moment, bis ich mich wieder im Griff hatte. „Ja, ja, natürlich. Das möchte ich auch tun."

„Warum haben Sie das dann nicht gesagt?", fragte der silberne Maine Coon und reckte seine Nase in die Luft.

„Ich habe mich wohl zu sehr von Ihrer ganzen *Wir-reden-aber-nicht*-Nummer abschrecken lassen – wissen Sie was? Nein. Das tut nichts zur Sache. Ich verfolge dasselbe Ziel wie Sie. Wollen Sie nicht in Sicherheit sein, während Sie Ihren Job machen?"

„Es gibt keine Garantie für die Sicherheit eines Außendienstmitarbeiters. Das wussten wir, als wir uns gemeldet haben", informierte mich Lester sachlich.

Mungo spitzte die Ohren und schlich die Kante des Müllcontainers entlang, um näher an ihren Gefährten heranzukommen. „Aber, Les, was ist mit dem Mal, als du …"

„Genug!", jaulte er warnend.

„Weißt du noch, du warst mit Percy auf Patrouille, als er entführt wurde, und – ahhhh!" Mungos Worte wurden durch einen lauten Schrei unterbrochen, als Lester nach ihr schlug und sie zurück in den Müll-container stieß.

Na, wer hätte das gedacht? Ich war gerade dabei, die beiden aufzugeben, als sich herausstellte, dass dieses Gespräch in der Hintergasse vielleicht doch keine Zeitverschwendung war. Offensichtlich wollte Lester nicht mit mir reden, aber wenn ich es weiter versuchte, würde die andere Katze es mir vielleicht an seiner Stelle sagen.

„Was hat sie da über Percy gesagt? Wurde er entführt? Haben Sie irgendetwas gesehen, das uns zu dem führen könnte, der dahinter steckt?", fragte ich mit ruhiger Stimme, als ob ich nicht darauf brennen würde, die Antwort zu erfahren, damit ich diesen Fall abschließen und mich nach Hause in meine arme, vernachlässigte Duschkabine verziehen konnte.

Lester legte seine Ohren flach an den Kopf. „Wir sind hier fertig."

Aber dann zog sich Mungo mit einem „Uff" zurück auf den Müllcontainer. „Aber, Les, was ist, wenn dieser Mensch uns helfen kann? Ich will nicht wie Percy gekidnappt werden."

„Keiner wird dich entführen. Dich würde niemand wollen", fauchte er.

„Oh, als ob ein Tag mit dir so ein Kinderspiel wäre!" Mungo bäumte sich auf und versuchte, nach Lester zu schlagen, verlor aber das Gleichgewicht und fiel wieder in den Müllcontainer.

„Glauben Sie mir doch", flehte ich. „Ich will nur helfen."

Lesters Stimme wurde tiefer, sein Ton bedrohlicher. „Dann gehen Sie und überlassen Sie die Angelegenheiten der Katzen den Katzen."

„Aber Mr Fluffikins hat sie geschickt", rief Mungo aus dem Inneren des Müllcontainers. „Wird er nicht wütend sein, wenn wir ihr nicht sagen, was wir wissen?"

Mit diesem Argument hüpfte die dicke, mehrfarbige Katze aus dem Müllcontainer und landete direkt neben mir auf dem Asphalt.

Der silbergraue Maine Coon stöhnte. „Selbst ein blindes Huhn wie du findet ab und zu mal ein Korn, was, Mungo?"

„Jawohl!" Die andere Katze richtete sich stolz auf und reckte ihre Nase in die Luft. „Jetzt erzähl ihr von Percy."

„Nicht so schnell." Lester sprang herunter, um sich zu uns zu gesellen. Seine Augen leuchteten auf eine Weise, die mir verriet, dass es noch viel mehr Arbeit erfordern würde, eine klare Antwort aus den beiden herauszubekommen.

Schon im nächsten Moment ließ er sich auf die Seite fallen und jammerte: „Wenn Sie wollen, dass ich über diese schrecklichen, schmerzhaften Erinnerungen spreche, wird Sie das Einiges kosten."

14

Lester rollte sich wieder auf die Füße, hob eine Pfote und fuhr bedrohlich langsam die Krallen aus. „Ihr helft uns, und wir denken darüber nach, euch zu helfen."

„Aber du hast doch bereits gesagt, dass wir helfen würden", betonte Mungo, was ihrem Kameraden ein leises, warnendes Grollen entlockte.

„Immer mit der Ruhe!", rief ich panisch. Sicher, ich könnte es wahrscheinlich mit ein paar streunenden Katzen aufnehmen, aber ich wollte die armen kleinen Kätzchen wirklich nicht verletzen – egal, wie ruchlos sie auch sein mochten. „Wie ich schon sagte, ich verfolge dieselben Ziele wie Sie."

„Ich möchte, dass der alte McCaverty endlich die abgelaufene Tagesware wegwirft, damit wir zu Mittag essen können", schnurrte Mungo mit einem nachdenklichen Schlagen ihres gefleckten Schwanzes.

„Das gehört nicht zu meinen Bedingungen", fauchte Lester und zeigte dabei seine Reißzähne.

„Werd jetzt nicht schnippisch, Les", warnte Mungo, deren Schwanz nun bauschig und voll wie der eines Waschbären war. „Wenn du wüsstest, was du willst, hättest du längst danach gefragt."

Ich begann nun zu verstehen, warum ausgerechnet Mr Fluffikins zum Vorsitzenden des Vorstands befördert worden war. Trotz all seiner Fehler, stellte er die beiden hier intellektuell gesehen mühelos in den Schatten. „Sie müssen keine verdorbenen Reste essen. Ich kann Ihnen frischen Fisch kaufen, wenn Sie wollen", bot ich an und hoffte, das würde reichen, um den aufkeimenden Streit zu verhindern. Ich hatte das Gefühl, dass die beiden mehr als nur diese eine Rechnung zu begleichen hatten.

Mungo entspannte sich und neigte ihren Kopf zur Seite, während sie über meine Worte nachdachte.

„Ohhhh", schnurrte sie. „Hast du das gehört, Lester? Sie wird uns etwas Frisches kaufen. So was haben wir schon ewig nicht mehr gegessen."

„Das hier sollte nur eine kurze Pause sein, und dann zurück an die Arbeit", knurrte Lester, aber

selbst er schien sich mit dem Gedanken anzu-
freunden.

Ich sah meine Chance und beschloss, sie zu
ergreifen. „Ich sage Ihnen was. Sie bleiben hier und
denken über mein Angebot nach. Ich gehe rein und
kaufe etwas Fisch. Nur für den Fall. Wenn ich
zurückkomme, können Sie mir sagen, was ich damit
tun soll."

„Abgemacht!", quietschte Mungo enthusiastisch.

Lester rollte mit den Augen, entgegnete aber
nichts weiter.

„Okay, warten Sie einfach hier. Ich bin gleich
wieder da." Ich ging rückwärts, bis mein Absatz an
einer Schachtel hängen blieb und mich zum Stolpern
brachte, dann drehte ich mich um und joggte zurück
zu unserem improvisierten Esoterikstand.

„Gib mir die zehn Dollar, die wir von Tom
bekommen haben", sagte ich, stupste Melony gegen
die Schulter und streckte eine Hand aus.

„Hey, das Geld gehört mir. Du wolltest ihm doch
gar nichts in Rechnung stellen." Sie wandte sich von
mir ab, zog die Schultern hoch und konzentrierte sich
wieder auf ihr Handy.

Ich stampfte mit dem Fuß auf. „Gib es mir
einfach."

„Nein", murmelte sie.

Ich wollte ihr eigentlich nichts verraten, aber ihr ein paar Details zukommen zu lassen, wäre besser als ihr das Geld physisch entreißen zu müssen. „Aber ich habe eine Spur in unserem Fall", sagte ich.

Sie drehte sich mit großen Augen zu mir um. „Was für eine Art von Spur?"

„Dort hinten in der Gasse warten ein paar Außendienstler. Ich denke, sie werden mit mir reden, wenn ich ihnen etwas Fisch bringe." Mehr brauchte sie nicht zu wissen. Sie sollte mir nur das Geld geben.

Sie zuckte mit den Schultern und wandte sich wieder ihrem Telefon zu. „Dann bring ihnen Fisch." Selbst wenn sie nicht versucht hätte, mich zu töten, würde ich sie nicht besonders mögen. Benahm sie sich so, weil ich ihren Plan vereitelt hatte oder weil sie ein Teenager war? Plötzlich war ich ganz froh, dass ich keine Kinder hatte.

Ich legte ihr eine Hand auf die Schulter. „Ich habe kein Geld bei mir, und ich werde ganz sicher keinen Fischhändler ausrauben, wenn du einen einwandfreien Zehn-Dollar-Schein in deiner Brieftasche hast."

„Gut. Wie auch immer. Aber dann verschwinde bitte einfach." Sie seufzte und zog den Schein aus ihrer Brieftasche, dann knüllte sie ihn zusammen und warf ihn mir an die Brust.

Unbeholfen versuchte ich, ihn aufzufangen, was

Melony zum Kichern brachte und mir die Hitze in die Wangen steigen ließ. Ich wollte sie zwar nicht unbedingt beeindrucken, aber ich mochte es auch nicht, wenn sie sich über mich lustig machte.

Mit dem Zehner in der Hand, eilte ich in das Fischgeschäft und hoffte, dass die Katzen wenigstens ein bisschen Geduld haben würden, wenn es um die Aussicht auf ein frisches Mittagessen ging. Natürlich hatte sich bereits eine lange Schlange vor mir gebildet, und es gab nur einen einzigen, alten Mann, der alle bediente.

„Komm schon, komm schon", murmelte ich.

Bei meinem Glück würden Mungo und Lester längst weg sein, bis ich in die Gasse zurückkam.

15

Nachdem ich ein lächerlich kleines Buntbarsch-Filet gekauft hatte, kehrte ich auf die Straße zurück, bereit, meine Zeugen zu beeindrucken. Vorausgesetzt, sie waren noch da.

Als ich aus dem Laden eilte, war das Erste, was ich bemerkte, dass die Kugel begonnen hatte, in einem so grellen Gelb zu blinken, dass sie mit der Sonne konkurrierte. Dann stellte ich fest, dass Melony verschwunden war.

Eigentlich wusste ich genau, wohin sie gegangen war: Zweifellos wollte sie meine Zeugen befragen und den ganzen Ruhm für meine Mühen einheimsen.

Nicht mit mir, Fräulein!

Schnellen Schrittes bog ich in die Gasse ein. Was

ich sah, ließ mich mein neu erworbenes Bestechungsmittel auf den Bürgersteig fallen.

„Melony!", flüsterte ich eindringlich und tat mein Bestes, keine Aufmerksamkeit auf den erschreckenden Anblick zu lenken. „Hör sofort auf damit!"

Sie lachte nur, während Mungo, Lester und eine andere Katze, die ich noch nicht kannte, ein paar Meter über dem Müllcontainer in der Luft hingen, unfähig, irgendetwas anderes als ihre großen, verängstigten Augen zu bewegen. Sie hatte den gleichen Trick bei mir und Greta angewandt, als wir uns das erste Mal begegneten, aber das war auf einem privaten Grundstück gewesen. Hier konnte jeder vorbeigehen und ihre Demonstration von offensichtlicher Magie sehen.

„Lass sie runter", befahl ich und schubste sie hart von hinten. „Sie haben nichts falsch gemacht."

„Warum hast du sie dann befragt?", fragte sie, ohne ihre Konzentration von den verzauberten Tieren abzuwenden.

Ich dachte kurz darüber nach, die erstarrten Katzen einfach aus der Luft zu schnappen. Aber abgesehen davon, dass ich keine Magie besaß, war ich bereit zu wetten, dass Melony viel schneller sein würde. Der einzige Weg, wie ich aus dieser Sache herauskommen konnte, war, sie entweder abzulenken oder sie auszutricksen. Beides hatte ich bei unserer letzten Begegnung geschafft. Ich musste sie wieder überlisten, zumal das im Moment meine einzige Option war.

„Ich habe mich erkundigt, um zu sehen, was ich über die vermissten Außendienstagenten erfahren kann", erklärte ich wie betäubt. „Das war alles. Nicht, weil sie Verdächtige sind."

„Tja, ich regle das hier lieber auf meine Art, danke." Melony stieß ein leises, kehliges Lachen aus, und zum zweiten Mal an diesem Tag verspürte ich das unbändige Verlangen, ihr eine zu verpassen. Wenn sie sich allerdings wehrte, wäre ich erledigt. *Vielen Dank, dass du mir keine Magie gegeben hast, um mich selbst zu schützen, Mr Fluffikins,* dachte ich verbittert.

Fluffikins! Das war's.

Ich rannte aus der Gasse und hielt an, bevor ich mit unserem Tisch zusammenstieß. Ich klopfte zweimal auf Fred Schädel, wie Parker es mir erklärt hatte. „Melony hält sich nicht an die Vorschriften!", schrie ich den sprechenden Schädel an.

Ein Pärchen kam aus einem der Läden auf der anderen Straßenseite heraus, und ich lächelte ihnen unbeholfen zu. „Wir proben nur für eine bevorstehende Aufführung von Hamlet", erklärte ich, schnappte mir Fred Schädel und hielt ihn dicht an mein Gesicht. „Sein oder nicht sein, haha."

Sie schüttelten den Kopf und setzten ihren Weg fort.

„Fluffikins", zischte ich wieder.

Aber er antwortete nicht. Stattdessen wechselte die leuchtend gelbe Kugel zu einem nebligen, tannengrünen Farbton.

Grün. Was hatte das noch mal zu bedeuten? Es war entweder wirklich gut oder wirklich schlecht. Aber was von beiden?

„Mr Fluffikins", zischte ich noch einmal. „Antworte mir."

Nichts.

Ich schlug noch zwei weitere Male aus Frustration auf Fred Schädel. Vielleicht sollten Magie und Technologie sich doch nicht miteinander vermischen. Vielleicht war unsere ganze Mission von Anfang an zum Scheitern verurteilt gewesen.

„Was ist?", antwortete der Chefkater endlich über unseren skurrilen Kommunikator.

„Es ist Melony", beeilte ich mich zu erklären, bevor er ungeduldig wurde und die Verbindung unterbrach. „Sie hat drei Agenten in die Enge getrieben und sie mit ihrer Magie ruhig gestellt. Ich kann sie nicht dazu bringen, sie loszulassen. Jeder könnte es sehen. Sie wird noch unsere Tarnung auffliegen lassen!"

Mein schwarzer Lieblingskater stieß eine Reihe von Flüchen aus. „Schick niemals einen Normalo los, um den Job eines Zauberers zu erledigen", brummte er.

Ich kniff die Augen zusammen. „Hey, ich kann nichts dafür. Es ist alles Melonys Schuld."

„Aber offensichtlich weißt du nicht, wie du sie aufhalten kannst, sonst hättest du es längst getan", sagte Fred Schädel zu mir, und ich stellte mir Fluffikins am anderen Ende unserer Verbindung vor, wie er enttäuscht den Kopf schüttelte.

„Wenn du mir einfach Magie gegeben hättest ..." Meine Worte verstummten, als ich sah, dass dasselbe neugierige Paar von vorhin sich umgedreht hatte, um mich aus einiger Entfernung zu beobachten.

Ich winkte ihnen mit dem Schädel zu. „Habe ich erwähnt, dass das ein Hamlet-Hocus-Pocus-Mashup ist?", rief ich verlegen. „Hör auf damit, Thackeray Binx. Du bist so verrückt. Ahhh!"

„Ich bin auf dem Weg", versprach Mr Fluffikins, bevor Fred Schädel die Kinnlade zuklappte.

Ich wollte zurück in die Gasse eilen und dort auf ihn warten, aber dieses nervige Pärchen starrte mich an, als wären mir Hörner oder so gewachsen. Als ob sie noch nie einen sprechenden Schädel gesehen hätten!

Ich wurde immer unruhiger und fing an, wahllos Monologe herunterzurasseln, die ich vor langer Zeit für den Theaterkurs am College auswendig gelernt hatte. Als sie sich immer noch nicht rührten, rief ich: „Kommt nächstes Wochenende für die richtige Show wieder. Das ist nur die Generalprobe."

Sie sahen sich an und spendeten mir dann höflichen Beifall. Trotzdem gingen sie nicht.

„Das war's für heute. Ich mache eine Stunde Pause!"

Und endlich – endlich! – gingen sie. Als ich sicher war, dass sie kein zweites Mal umdrehen würden, stand ich auf und ging ruhig auf die Gasse zu, obwohl ich nichts lieber wollte, als zu sprinten.

Hoffentlich war ich nicht zu spät, um einzugreifen.

16

ie sich herausstellte, *war* ich zu spät, um einzugreifen.

Wo Melony gestanden hatte und ihre drei Katzenmarionetten schwebten, lag die Gasse nun still und verlassen vor mir.

„Melony?", rief ich zögernd, als ich auf Zehenspitzen auf den Müllcontainer zuging, aus Angst vor dem, was ich finden könnte. „Mungo? Lester? Irgendjemand?"

In dem übergroßen Behälter befand sich nichts außer der erwarteten Mischung aus Müll und Dingen, die wahrscheinlich besser in der Recyclingtonne aufgehoben gewesen wären.

„Hallo?", versuchte ich es noch einmal vorsichtig.

Eigentlich wollte ich am liebsten nach Hause gehen, aber wie konnte ich das, wenn ich alles, was hier passiert war, zu verantworten hatte? Ich entpuppte mich als widerwillige Heldin einer Geschichte, aber es war immer noch meine Geschichte – und ich konnte es nicht ertragen, sie unvollendet zu lassen.

Etwas sauste über mich hinweg, und ich drehte mich gerade noch rechtzeitig um, um Fluffikins zu sehen, der auf einer Wolke rosa Magie durch die Luft schwebte.

„Was ist hier los?", fragte er und sprang von seiner Wolke herunter. Sie verflüchtigte sich in dem Moment, als er den körperlichen Kontakt mit ihr brach. „Ich dachte, es gäbe einen Notfall."

„Ich weiß nicht, wo sie hin sind", stotterte ich, drehte mich erst nach links, dann nach rechts und hob schließlich hilflos die Hände.

Fluffikins studierte mich einen Moment lang, dann lief er die Gasse hinunter in Richtung Straße. Er blieb plötzlich stehen und drehte sich zu mir um, seine goldenen Augen blitzten irritiert. Offenbar hatte ich in meinem Schock vergessen, ihm zu folgen.

„Warum hast du mir nicht gesagt, dass wir einen Code Grün haben?", rief er.

„Was?"

Er rannte wieder ein Stück auf mich zu. „Die Kugel. Sie ist grün!"

Oh, ja. Das hatte ich in meiner Verzweiflung, zu Fluffikins durchzukommen, und dann die beiden Gaffer abzuschütteln, vergessen. „Grün bedeutet „Los", richtig?", fragte ich mit einem nervösen Quieken.

„Nein, grün bedeutet, dass wir ein großes Problem haben!"

„I-ich weiß", stammelte ich händeringend. „Melony hat drei Feldagenten entführt und ist verschwunden."

Fluffikins schüttelte den Kopf und holte tief Luft, bevor er erklärte: „Nein. Es ist viel schlimmer. Wer auch immer die Feldagenten entführt hat, hat auch Melony in seiner Gewalt."

Ich starrte ihn an, schüttelte den Kopf, immer noch unsicher, was er von mir wollte. „Sie hat sie bedroht. Sie hat sie mit ihrer Magie eingefroren, und ..."

„Und hat sie und sich selbst zu einem leichten Ziel gemacht", beendete der schwarze Kater meinen Satz. Nicht das, worauf ich hinauswollte, aber er musste es ja besser wissen als ich.

„Oh", war alles, was ich rausbrachte, als ich diese neue Interpretation der Ereignisse hörte.

„Folge mir", murmelte er und führte mich zu einer engen Stelle seitlich des Müllcontainers. „Bück dich und geh in Deckung."

Ich tat wie geheißen, wich jedoch vor dem Gestank zurück. „Was ist hier los?" Mit einer Hand hielt ich mir Mund und Nase zu und murmelte durch sie hindurch.

Mr Fluffikins rollte seinen Schwanz um seine Füße und ließ die Ohren hängen. „Ich hätte nicht gedacht, dass unser Entführer zuschlagen würde, solange ihr beide da draußen sitzt und eure Anwesenheit zur Schau stellt."

„Warte, ich dachte, wir sind undercover." Ich bereute es sofort, die Hand vom Gesicht genommen zu haben.

Mein Begleiter wartete, bis ich aufhörte zu husten, bevor er fortfuhr. „Hm, ehrlich gesagt, wart ihr nur ein Ablenkungsmanöver, um der eigentlichen Ermittlungsgruppe etwas Zeit zu verschaffen. Die Tatsache, dass unsere Gegner zuschlugen, während ihr hier wart, und sich mit einer Praktikantin sowie weiteren Außendienstmitarbeitern aus dem Staub machten, ist eine sehr klare Botschaft."

Ich wusste nicht, ob ich mich mehr über seine

List ärgern sollte oder darüber, dass sie nicht funktioniert hatte, also konzentrierte ich mich darauf, so viele Fakten wie möglich herauszufinden. „Welche Botschaft?", murmelte ich.

Er reckte die Brust heraus und lenkte meinen Blick auf den weißen Fleck in seinem Fell. Dann holte er tief Luft, um meine Frage zu beantworten. „Dass sie nicht aufhören werden, bis sie bekommen, was sie wollen."

„Was wollen die denn?", wunderte ich mich laut.

Fluffikins zuckte nur mit den Schultern. „Ich weiß es nicht. Sie haben es uns nicht gesagt."

„Oh." Ich fühlte mich zunehmend nutzlos, je länger dieses Gespräch dauerte. Ich hatte keine großartigen Erkenntnisse beizutragen, und Fluffikins hatte mich nur um meine Hilfe gebeten, damit er mich als Ablenkung benutzen konnte. Obwohl ich diesen Job nicht gewollt hatte, tat es doch weh, dass er mir nicht mehr zutraute.

„Es gibt eine Sache, die wir tun können", sagte er nach einigen Augenblicken des Schweigens. „Als Melony sich bei uns beworben hat, habe ich sie natürlich mit einem magischen Tracker ausgestattet."

Ich schnappte nach Luft. „Du hast also erwartet, dass sie euch hintergeht?"

„Wie lautet der alte Spruch, den ihr Menschen

habt? Auf das Schlimmste vorbereitet sein und aufs Beste hoffen? Außerdem hat sie uns nicht hintergangen." Er wirkte so gelassen, aber ich hatte nur noch einen weiteren Grund, wütend auf ihn zu sein – er hatte mir absichtlich eine tickende Zeitbombe aufgehalst. Hätte es ihn überhaupt interessiert, wenn ich bei dieser Farce von einem Auftrag gestorben wäre? Oder war ich in seinen Augen nur eine weitere Normalo-Frau, die sich versehentlich in magische Angelegenheiten eingemischt hatte ...

„Und was jetzt? Du verfolgst ihre Spur und ich gehe nach Hause?", fragte ich zögernd. Obwohl mich sein bisheriges Verhalten mir gegenüber verletzt hatte, wollte ich immer noch helfen. Was, wenn ich ihm jetzt den Rücken zukehrte und andere Katzen deswegen starben? Was, wenn Melony starb? Ja, ich hasste sie, aber nicht genug, um ihr den Tod zu wünschen. Immerhin hatte ich gewisse Prinzipien.

„Nö. Wir gehen der Sache gemeinsam auf den Grund", sagte er entschlossen.

„Aber ich war doch nur eine Ablenkung."

„Ja, und ich brauche vielleicht wieder eine." Er zwinkerte mir zu, dann hob er das Kinn an und sagte laut: „Bring uns zu Melony Haberdash."

Rosa funkelnde Magie schoss vom Himmel herab und hüllte uns ein. Es fühlte sich warm und wohltuend an, wie ein herrliches Bad, und ich erlaubte mir, mich darin zu entspannen.

Magie. Sie sollte immer mein sein, nicht nur in Zeiten der Krise. Das fühlte sich richtig an ... Als ob es so gewollt war ...

17

Der Nebel aus rosafarbener Magie löste sich nur Sekunden später wieder auf, und trotz seiner so kurzen Anwesenheit fühlte ich mich ohne ihn fast nackt.

Das Erste, was mir auffiel, war natürlich seine Abwesenheit, gefolgt von der intensiven Kälte. Die Temperatur musste um mindestens dreißig Grad gefallen sein. Der Geruch von Fisch und verrottendem Müll war ebenfalls verschwunden und einer kühlen Brise gewichen.

Ich sog die frische Luft ein und schaute mich in der ungewohnten Umgebung um. Wir schienen uns in einer Art Park zu befinden, mit weiten, offenen Grünflächen und einer Ansammlung von bunten

Rampen, Tunneln und Laufstegen auf der einen Seite.

Ein Border Collie rannte durch den Hindernisparcours und sprang dann mit einem weiten Satz in die Arme seines Besitzers. Am Zaun gegenüber umkreisten sich zwei kleinere Hunde schwanzwedelnd und beschnüffelten sich an den Hinterteilen.

Fluffikins taumelte ein paar Schritte vorwärts, dann warf er mir einen Blick über die Schulter zu. „Wo sind wir hier?"

„Was? Warum fragst du mich? Du bist doch derjenige, der uns hierhergebracht hat", erinnerte ich ihn.

„Es war die Weltmagie, und das weißt du", fauchte er. Offensichtlich hatte er sich so sehr auf die Kluft zwischen Magiern und Normalos fokussiert, dass er den ebenso gefährlichen Konflikt zwischen Katzen und Hunden vergessen hatte.

Ich hob einen Finger an die Lippen, um ihn zu warnen, dass er still sein sollte, und flüsterte dann: „Also, ich sehe weder Melony noch einen der anderen hier irgendwo. Ich dachte, die Magie sollte uns zu ihrem Standort bringen."

„Es muss eine Art magische Barriere geben, die uns davon abhält, näher an sie heranzukommen."

„Und was jetzt? Fahren wir zurück nach Beech Grove?"

Er peitschte ungehalten mit dem Schwanz. „Was ist los mit dir und deinem ständigen Wunsch, aufzugeben und nach Hause zu gehen?"

„Du brauchst mich doch gar nicht", stieß ich hervor, immer noch sehr verletzt von seinem vorherigen Eingeständnis. „Warum sollte ich mein Leben riskieren, wenn ich nichts beitrage?"

Die Augen des schwarzen Katers bohrten sich in mich hinein, und seine Schnurrhaare zuckten. Er wirkte tief in Gedanken versunken.

„Was verschweigst du mir?", fragte ich und griff mit ausgestreckten Fingern nach ihm. Er hatte mir schon einmal erlaubt, ihn zu streicheln, um mir eine Vision aus der Vergangenheit zu zeigen. Wenn er mir nicht sagen wollte, warum er mich in diese Sache verwickelt hatte, dann wäre er vielleicht bereit, es mir auf diese Weise zu zeigen. Oder vielleicht könnte ich einen schnellen Sprung in seine Erinnerungen wagen und es selbst herausfinden.

Mit gesträubtem Fell wich er zurück. „Fass mich nicht ohne mein ausdrückliches Einverständnis an", fauchte er.

Auf der anderen Seite des Platzes spitzte ein Beagle die Ohren. Er erstarrte und drehte den Kopf in unsere Richtung, dann rannte er los.

Ich war kurz davor, Fluffikins schützend in die

Arme zu nehmen, als er sich vor meinen Füßen schnell im Kreis drehte. Der Hund kläffte und rannte zu seinem Besitzer zurück.

Ich schüttelte den Kopf, um mich wieder zu sammeln, und fuhr mit dem vorherigen Thema fort. „Du verheimlichst mir etwas. Wie soll ich mich schützen, wenn ich nicht weiß ...?"

„Mein Schweigen dient deinem Schutz, also sei nicht so neugierig!"

„Sollte ich nicht selbst in der Lage sein, über Dinge zu entscheiden, die mich und meine Sicherheit betreffen?"

Fluffikins klappte die Kinnlade herunter, sein Schwanz zuckte, und ich hätte schwören können, dass er gerade etwas sagen wollte.

Aber jemand anderes kam ihm zuvor. „Schöner Tag, nicht?"

Ich erhob mich und lächelte einem Mann zu, der sich mit einem angeleinten Hund an seiner Seite näherte. Dem riesigen Kopf, den kurzen Beinen und dem dümmlichen Ausdruck nach zu urteilen, war es ein Corgi. Als er meinen flauschigen Begleiter entdeckte, gab er ein freudiges Bellen von sich und begann, an der Leine zu zerren.

Ich musste meine Stimme erheben, um über den Hund hinweg gehört zu werden. „Sehr schön."

Der Besitzer nickte und setzte seinen Weg fort.

„Warten Sie", rief ich ihm nach. „Wir sind nicht von hier. Wir wollten uns nur kurz die Beine vertreten und machen uns dann wieder auf den Weg. Würden Sie uns bitte sagen, wo wir gerade sind?"

Er sah mich verwundert an. „Wo wir sind? Haben Sie nicht gemerkt, wohin Sie fahren, als Sie die Fähre bestiegen haben?"

Ich schlug mir mit der Handfläche gegen die Stirn. „Ich Dummerchen, das habe ich schon wieder vergessen."

„Sie sind auf Caraway Island. Es ist nicht wirklich ein Ort, an dem man einfach so vorbeikommt. Die Fähre ist der einzige Weg vom Festland hierher", informierte er mich mit gerunzelter Stirn.

„Oh." Ich wusste, dass ich mich wie ein Idiot benahm, aber ich brauchte trotzdem mehr Informationen. „Und mit Festland meinen Sie ...?"

„Maine", antwortete er ganz sachlich.

„Klar doch", sagte ich und kicherte.

Er musterte mich besorgt. „Hören Sie, geht es Ihnen gut? Soll ich Sie in ein Krankenhaus bringen, um Ihren Kopf untersuchen zu lassen?"

Ich lachte und winkte ab. „Oh, ich komme schon klar. Die frische Luft macht mir den Kopf frei."

„Ich glaube nicht, dass das Problem so einfach zu

beheben ist", murmelte der Mann und ging dann mit seinem protestierenden Corgi weiter.

„Toll gemacht, Tawny", sagte der Chefkater mit einem unterdrückten Kichern, das klang, als würde er gleich einen Haarballen aushusten.

Ich zuckte mit den Schultern. „Hey, immerhin habe ich wenigstens Antworten bekommen."

„Okay, wenn du also alle Antworten hast, was machen wir dann jetzt, Frau Neunmalklug?" Er blinzelte mit einem selbstgerechten Ausdruck in die Sonne, den ich ihm am liebsten aus dem Gesicht gewischt hätte.

„Den Spitznamen kannst du gleich wieder vergessen", brummte ich, während ich meine Augen auf der Suche nach ... irgendeinem Anhaltspunkt durch den Park schweifen ließ.

Zum Glück fand ich genau das.

„Wir gehen und reden mit deinem Zwilling", sagte ich mit einem triumphierenden Grinsen und deutete auf die schwarze Katze, die unter einer Bank am anderen Ende des Parks herumhing. Könnte das einer unserer entführten Feldagenten sein?

18

Fluffikins joggte voraus und gesellte sich zu der anderen schwarzen Katze unter der Bank, während ich beiläufig hinüberschritt. Schließlich sollten wir unbedingt vermeiden, dass der Mann mit dem Corgi noch misstrauischer wurde und jemanden rief. Welche Magie auch immer meine Katzenbegleitung auf den Beagle ausgeübt hatte, sie schien sich auf die anderen Hunde im Park zu übertragen. Selbst der Corgi verlor schnell das Interesse an uns.

Als ich endlich die Bank erreichte, nahm ich Platz und hob eine Hand an mein Ohr, um so zu tun, als hätte ich dort ein Bluetooth-Gerät versteckt.

„Einer deiner Außendienstmitarbeiter, Mr F.?", fragte ich, wobei ich seinen niedlichen Katernamen

abkürzte, für den Fall, dass einer der anderen Parkbe-
sucher uns hörte.

„Er ist ein Haustier", grummelte Fluffikins zu
meinen Füßen.

„Ich bin ein Vertrauter", stellte die andere Stimme
irritiert richtig. Offenbar war unser neuer Freund
männlich. Außerdem hatte er einen schweren
Bostoner Akzent, wodurch er hier in Maine genauso
fehl am Platz wirkte wie wir.

„Das ist das Gleiche", schoss Fluffikins zurück.

„Ist es nicht!", fauchte der andere.

„Du arbeitest für Menschen, während ich sie für
mich arbeiten lasse. Du bist schlimmer als ein Haustier. Du bist ein Sklave." Ich konnte mir seinen selbst-
gefälligen Gesichtsausdruck lebhaft vorstellen,
während er seine Überlegenheit demonstrierte.

„Hey", rief ich und übertönte die ziemlich unwir-
sche Erwiderung der beleidigten Katze.

Ich blickte nach unten und sah den unbekannten schwarzen Kater durch die Lamellen der
Bank hindurch an. „Es tut mir leid. Er ist wirklich
nicht so schlimm, wenn man ihn erst mal
kennenlernt."

Er kniff die Augen zusammen. „Das habe ich
nicht vor. Und jetzt verschwinden Sie hier. Sie
gefährden meine Überwachung."

„Überwachung? Sie klingen wie ein Polizist", meinte ich mit einem Schmunzeln.

„Ich *bin* ein Polizist."

„Ich dachte, du wärst ein Vertrauter", korrigierte Fluffikins ihn und bezog sich dabei auf den Teil des Gesprächs, den ich verpasst hatte.

„ Und ich kann nicht beides sein?" Er kauerte sich tiefer und brach den Blickkontakt mit mir ab. „Jetzt verschwindet endlich, bevor Scavo das hier mitbekommt und die ganze Sache in die Hose geht."

Fluffikins schnappte erschrocken nach Luft. „Scavo?"

„Ja, Scavo. Was ist mit ihm?" Alles, was ich sah, war ein undeutlicher, schwarzer Körper zu meiner Linken und ein weiterer undeutlicher, schwarzer Körper zu meiner Rechten. Ja, ich würde definitiv eine Augenuntersuchung brauchen.

Mr Fluffikins antwortete in dem gleichen pedantischen Ton, den er immer anschlug, wenn er mir etwas Magisches erklärte. „Die APZ ist seit Jahrzehnten hinter ihm her. Er ist ein Mafioso und Normalo, der irgendwie von der Existenz der Magie erfuhr und sie seitdem zu seinem persönlichen Vorteil nutzte. Hat einen ganzen Schwarzmarkt erschaffen."

„Das ist noch längst nicht alles. Also geh besser

zurück zu deinem Katzenklo, oder was auch immer dieses APZ-Ding ist."

„Deine Respektlosigkeit wurde zur Kenntnis genommen und wird dementsprechend bestraft", drohte Fluffikins in tiefem Tonfall. „Ich bin Diplomat für die Agentur für paranormale Zeitarbeit, also bin ich dazu befugt, weißt du."

„Dann schwing deinen diplomatischen Hintern woanders hin und überlasse das hier der paranormalen Abteilung von Blueberry Bay", konterte unser neuer Bekannter.

„Unterscheidet ihr etwa zwischen nationalen und lokalen Angelegenheiten?", fragte ich.

Beide Kater fauchten mich an, und ich wurde wieder zur stillen Beobachterin.

Mr Fluffikins ergriff das Wort. „Scavo ist vor ein paar Jahren gestorben, wenn er also nicht als wiederbelebte Leiche herumläuft, ist dein Einsatz sinnlos."

„Warte mal. Sind Zombies etwa auch real?", quietschte ich. Ein kalter Luftzug fegte vorbei, sodass ich fröstelte und die Arme um meinen Oberkörper schlang.

Beide Katzen ignorierten meine Frage.

„Das zeigt, wie wenig du weißt", sagte der Polizistenkater. „Er ist wieder da und dreht auch wieder seine krummen Dinger, wie früher."

„Nicht möglich", behauptete Fluffikins.

„Ja, ich wette, du glaubst auch nicht, dass ein Typ, der fünfzig Jahre im Grab gelegen hat, als magische, sprechende Katze wiederauftauchen kann, und doch bin ich hier."

„Na schön. Wenn Scavo wirklich zurück ist, wo ist er dann? Denn falls du es nicht bemerkt hast, wir sind weit entfernt von Boston."

„Wenn ich wüsste, wo er ist, wäre ich nicht auf dieser Überwachungsmission, du Trottel. Aber er muss hier in der Nähe sein."

„Ja, der hier ist ein echter Spinner", sagte Mr Fluffikins zu mir und hüpfte neben mir auf die Bank. Ich teilte zwar seine Meinung, aber ein mieser Hinweis war besser als kein Hinweis.

„Hör auf, ihn zu schikanieren. Er kann vielleicht helfen", sagte ich sanft und ging dann auf Hände und Knie, um den anderen Kater direkt anzusprechen. Jetzt, wo ich ihn etwas genauer sah, bemerkte ich, dass er keine exakte Kopie von Mr Fluffikins war. Zum einen hatte er keinen weißen Fleck auf seiner Brust. Und zum anderen trug er ein breites Schnallenhalsband mit einem seltsamen Sternsymbol darauf.

„Tut mir echt leid wegen ihm", sagte ich mit einem höflichen Lächeln. „Ich bin Tawny. Wie heißt du?"

„Jetzt Blackjack", verriet er mit einem irritierten Grinsen.

„Wir sind weit weg von zu Hause und ermitteln in eigener Sache. In unserer Heimatstadt Beech Grove, Georgia, sind Katzen von den Straßen verschwunden, und wir haben Grund zu der Annahme, dass sie hier auf Caraway Island gelandet sind. Hast du eine Idee, wie wir sie finden können?"

Er starrte mich verwundert an. „Bei dieser ganzen Sache geht es um Katzen? Ich dachte, ihr wärt Scavo auf der Spur?"

„Das ist richtig. Wir versuchen, mehrere vermisste Feldagenten zu finden. Ein Menschenmädchen wird auch vermisst." Ich konnte ihm nicht einmal sagen, wie viele Katzen verschwunden waren, da Mr Fluffikins mir bei unserer Besprechung nur das Nötigste gesagt hatte.

Blackjack legte den Kopf schief, dann nickte er. „Nun, warum hast du das nicht gleich gesagt? Folge mir, Kleine. Ich kenne jemanden, der dir vielleicht weiterhelfen kann."

19

ch stand auf und folgte Blackjack zu einem Loch im Zaun. Er zwängte sich hindurch und drehte sich dann erwartungsvoll zu mir um.

„Ähm." Ich verlagerte mein Gewicht von Fuß zu Fuß. Ich passte nicht durch das Loch, und über den Zaun zu klettern, obwohl es zwei Ausgänge gab, würde definitiv den Verdacht der anderen Menschen im Park erregen.

„Ich gehe außen herum und treffe euch auf der anderen Seite", schlug ich vor.

„Wie du willst", sagte Blackjack herablassend. „Wir warten auf dem westlichen Parkplatz auf dich."

„Gib mir Deckung", sagte Fluffikins, blinzelte sich dann aus unserem Blickfeld und erschien auf der anderen Seite des Zauns wieder.

„Netter Trick", sagte Blackjack mit einem Zucken seines Schwanzes. „Hast du das auf der Diplomaten-schule gelernt?"

„Ja, gleich nachdem uns eingeschärft wurde, wie nutzlos Agenten aus Boston sind." Wer war dieser neue Fluffikins? Für gewöhnlich behandelte er zwar jeden von oben herab, aber diesen Kater schien er zu hassen wie niemanden sonst – einschließlich der Haberdashes.

Blackjack ließ sich jedoch nicht einschüchtern. „Laut deiner Mutter sind wir Bostoner immerhin die besten Liebhaber ..."

Zum Glück wurden ihre Stimmen immer leiser, während ich schnell am Rand des Zauns entlangging, bis ich den Ausgang erreichte. Nachdem ich den Park verlassen hatte, verfolgte ich den Weg zurück, den ich gekommen war. Ich fand das Loch im Zaun, aber nicht die Kater.

Der Mann mit dem Corgi fiel mir auf, als er sich bückte, um einen schmuddeligen Tennisball aufzu-heben und mir einen fragenden Blick zuwarf.

Ich winkte kurz, dann drehte ich mich um und bahnte mir einen Weg durch das ungeschnittene Gras auf dieser Seite des Zauns, auf der Suche nach einem Parkplatz oder einem Kater, je nachdem, was ich zuerst finden konnte.

An diesem Punkt wünschte ich mir zwei Dinge: eine warme Jacke und mein Handy. Ja, ich mochte schlau sein, wenn es um Worte ging, aber ich war noch nie in der Lage gewesen, Ost und West ohne die Hilfe von Technik zu unterscheiden. Der Blick in die Sonne tat meinen Augen nur weh. Sie verriet mir nicht die Richtung, in der sie aufgegangen war.

Verdammte Kater! Warum hatten sie nicht einfach durch den normalen Ausgang mit mir gehen können?

Eine Frau mit blaugrünem Haar, die zerrissene Jeans und eine Biker-Lederjacke trug, näherte sich mir von der Seite. „Tawny?", rief sie.

Nervös strich ich mir eine Strähne meines rosa Haares hinters Ohr und schluckte. „Ja, hallo."

Sie lächelte freundlich. „Ich bin Val. Dein Vertrauter sagte, du würdest dich wahrscheinlich verirren."

„Oh, ich bin nicht … ähm." Ich drehte mich um, konnte aber dank der leicht ansteigenden Böschung weder den Typen mit dem Corgi noch irgendwen sonst aus dem Park sehen.

„Du bist doch eine Hexe, richtig?", fragte Val, während sie mich und mein Grufti-Outfit musterte. Und mal ehrlich, wer wusste das überhaupt noch?

Ich hatte zwar keine Magie, aber ich bezweifelte auch, dass ich nur eine „Normalo" war.

Ich wusste nicht so recht, was ich Val antworten sollte. „Nein. Ja. Ich meine, ich war es, aber jetzt bin ich es nicht mehr."

Sie neigte den Kopf zur Seite, und ein mitfühlendes Lächeln huschte über ihr Gesicht. „Geht es dir gut?"

Na toll. Jetzt dachten sowohl die Normalos als auch die Magier, ich müsste meinen Kopf untersuchen lassen. Vielleicht musste ich das auch. Das sollte ich auf meine Liste setzen, sobald ich wieder sicher zu Hause war. Erst zum Augenarzt und dann zum Psychiater.

„Mir geht es gut", brachte ich schließlich heraus. „Fluffikins und ich sind hier, um eine Reihe von Entführungen zu untersuchen."

„Das hat er bereits erwähnt. Komm mit." Ein glänzendes Abzeichen, das zu dem Sternanhänger an Blackjacks Halsband passte, glitzerte an Vals Gürtel und zeigte der Welt, dass sie zusammengehörten. Aber ich und Fluffikins? Wenn es tatsächlich etwas gab, das uns miteinander verband, hatte er sich entschieden, es geheim zu halten.

„Erzähle mir mehr von diesen Entführungen", drängte sie in einer Art und Weise, die mir verdeutlichte, dass sie in Sachen Befragungen weitaus erfahrener war, als ich es je sein würde.

Sie musste mich nicht einmal bestechen, um mich dazu zu bringen, alles auszuplaudern, was ich wusste. Zu ihrem Pech wusste ich fast nichts.

„Ich weiß nicht viel", sagte ich, um damit gleich zu Beginn klarzustellen, wie wenig ich würde helfen können. „Mehrere Katzen wurden entführt sowie eine junge Hexe namens Melony Haberdash."

Val hielt plötzlich inne und drehte sich zu mir um. „Hast du Haberdash gesagt?"

Ich nickte nachdrücklich. „Ja. Dummer Name, oder?"

Val biss sich auf die Lippe. „Es ist wahrscheinlich nur ein Zufall, aber ... Ja, darüber muss ich auf jeden Fall eine Weile nachdenken." Sie verstummte und schüttelte den Kopf, dann ging sie weiter.

Einige Schritte entfernt kam ein größtenteils leerer Parkplatz in Sicht, aber ich konnte weder Fluffikins noch Blackjack sehen. Ich hatte keine Ahnung, welchem Zweck der Parkplatz diente, da er zu weit vom Hundepark entfernt schien und ich keine anderen Geschäfte in der Nähe entdecken konnte.

„Val, warte. Was ist los?", rief ich, während ich mich bemühte, sie einzuholen. Vielleicht führte sie mich ja geradewegs ins Verderben. Ich musste wirklich aufhören, den Leuten so leicht zu vertrauen. Schließlich war es das, was mir diesen ganzen magischen Schlamassel überhaupt erst eingebrockt hatte.

Val ging jetzt viel schneller, und ich wünschte, ich würde meine Laufschuhe tragen, statt dieser nutzlosen, schwarzen Clogs, die Connie mir aufgezwungen hatte.

Lief diese Tussi etwa vor mir weg?

So viel zur Freundlichkeit von Fremden.

20

lackjack trabte zu uns herüber, zu der Stelle, wo das Gestrüpp dem Straßenpflaster wich. „Er ist weg!", miaute er in seinem starken Bostoner Akzent.

Val wurde weiß wie eine Wand. Ich sollte es wissen – genauso sahen die Wände in meinem farblosen Häuschen aus. „Was soll das heißen, er ist weg? Wer ist weg?", wollte sie von ihrem Vertrauten wissen.

Blackjack stellte seinen Schwanz senkrecht auf. Nur dessen Spitze zuckte. „Der – wie heißt er noch gleich – Diplomatentyp. Fluffy? Er ist einfach verschwunden."

„Warst du nicht bei ihm?", verlangte ich zu wissen, stemmte die Hände in die Hüften und

versuchte, furchterregend oder wenigstens selbstsi-
cher zu wirken. Wenn sie sich gegen mich wenden
würden, wäre ich erledigt. Fluffikins und ich waren
viel besser dran gewesen, bevor wir uns mit diesem
lästigen Duo eingelassen hatten.

„Ja. Die ganze Zeit. Ich habe nur einmal geblin-
zelt, und schon war er fort." Blackjack hob eine Pfote
und starrte auf seine Krallen, als ob sie ihn schwer
enttäuscht hätten. „Ich dachte, er hätte vielleicht
wieder diesen Teleportation-Trick gemacht, aber –
puff – einfach weg."

Okay, meine einzige Verbindung nach Hause war
verschwunden, aber das bedeutete nicht, dass er
mich im Stich gelassen hatte. Vielleicht war er nur
kurz nach Hause gegangen, um mit Parker oder
einem der anderen Vorstandsmitglieder zu reden.

Ja, so musste es sein. Ich dachte anfänglich ja
auch, Melony wäre aus freien Stücken gegangen, aber
Fluffikins war sich sicher, dass sie entführt
worden war.

Moment mal ...

„Hast du eine Wolke aus rosa Magie gesehen?",
fragte ich den Bostoner Kater und hoffte inständig, er
würde ja sagen. Selbst wenn es nicht stimmte, konnte
ich gerade wirklich eine gute Nachricht gebrauchen.

„Nein, nichts dergleichen", informierte er mich,

die Augen weit aufgerissen, als fürchtete er, ein weiteres Blinzeln würde mich ebenfalls verschwinden lassen.

Plötzlich fühlte ich mich, als wäre ich unter Wasser – nicht auf diese beruhigende, friedliche Art und Weise, die beim Eintauchen in die rosa Weltmagie auftrat, sondern auf eine schreckliche, furchterregende Art und Weise, als wäre ich in einem Sog gefangen, ohne Hoffnung, je wieder die Oberfläche zu erreichen.

„Leute", brachte ich trotz der aufsteigenden Panik hervor. „Er ist nicht gegangen. Er wurde entführt. Wer auch immer die Agenten entführt hat, hat sich Mr Fluffikins geschnappt." Als ich die Worte aussprach, wusste ich, dass sie der Wahrheit entsprachen. Er würde mich nicht absichtlich ohne Geld, Ausweis oder irgendeine Möglichkeit, die APZ zu erreichen, im Stich lassen. Er war zwar eine Nervensäge, aber er war nicht böse. Zumindest nicht durch und durch.

„Was soll ich jetzt nur tun?", quietschte ich verzweifelt.

Val legte mir sanft eine Hand auf die Schulter, aber das trug wenig dazu bei, meine Panik zu unterdrücken. „Wir werden weiter an diesem Fall arbeiten und sehen, was wir herausfinden. Vielleicht haben wir Glück und finden dabei deinen Vertrauten. Aber wir können unsere Ermittlungen nicht aufgeben, um nach ihm zu suchen."

„Aber ich habe kein Telefon, kein Geld, niemanden, der mir hilft. Wie soll ich ihn denn zurückbekommen?", argumentierte ich. Die Panik wurde immer größer und schnürte mir die Kehle zu.

„Ich wünschte, wir könnten mehr tun. Hier ..." Val griff in ihre Tasche, dann drückte sie mir eine Rolle Scheine in die Hand. „Bieg hinter dem Parkplatz rechts auf die Hauptstraße ab. An der Ecke Hauptstraße und Yarrowstraße liegt ein schäbig aussehendes Motel namens *The All-Nighter*. Es sieht schlimm aus, aber es ist eigentlich sehr sauber, und der Besitzer ist einer von uns. Übernachte dort und nimm morgen früh die Fähre nach Glendale. Die erste fährt um halb acht."

Ich nickte zustimmend, froh, dass Val einen Plan zu haben schien, denn ich war immer noch völlig verloren. „Okay, okay. Und was dann?"

„Dort gibt es eine Frau, die mit Tieren sprechen kann. Ihr Name ist Angie Russo. Sie hat keinen Funken Magie in sich, aber Jack ist ihr begegnet, als wir hier ankamen. Wir haben sie überprüft und sie scheint seriös zu sein. Sie hält sich für eine Art

Privatdetektivin, also könnte sie dir helfen, deinen Vertrauten zu finden, wenn du sie danach fragst."

„Danke", sagte ich, anstatt sie über die wahre Natur meiner Beziehung zu Mr Fluffikins ins Bild zu setzen. „Das werde ich."

Niemand sagte etwas, also nutzte ich die Gelegenheit, eine Frage zu stellen. „Wie kann ich euch erreichen, wenn ich etwas brauche?"

„Gar nicht. Vielleicht sehen wir uns eines Tages wieder, aber um deinetwillen hoffe ich, dass es nicht dazu kommt", sagte Val grimmig.

„Jetzt geh. Wir können nicht noch mehr Zeit damit verschwenden, hier herumzustehen und zu plaudern, wenn wir einen Gauner zu fangen haben." Blackjack bedeutete mir, mich in Bewegung zu setzen.

Ich holte tief Luft und ging bis zum Ende des Parkplatzes. Als ich mich umdrehte, waren sowohl Val als auch ihr Vertrauter verschwunden.

21

ie versprochen, sah das 24-Stunden-Motel von außen schrecklich aus, war aber von innen größtenteils in Ordnung. Beim Anblick der rissigen Backsteinfassade, die dringend eine Grundreinigung nötig hatte, widerstand ich dem Drang, postwendend kehrtzumachen. Ich wusste, dass ich entweder hier oder auf der Straße schlafen konnte.

Mein Zimmer roch nach einer berauschenden Mischung aus Bleiche und Essigreiniger, was ich für ein gutes Zeichen hielt. Nachdem ich den Raum nach versteckten Leichen, benutzten Verhütungsmitteln oder kleinen Tütchen mit pulverisierten Drogen durchsucht hatte – Gott sei Dank fand ich nichts davon –, nahm ich erst mal eine lange, heiße Dusche.

Während das Wasser über mich hinwegrauschte, kämpfte ich gegen die Versuchung an, mich darunter zu entspannen, und suchte stattdessen nach Lösungen für die haarsträubenden Probleme dieses Tages.

Ich war Val zwar dankbar, dass sie mir Geld und einen Rat gegeben hatte, aber es schien, als hätte sie Fluffikins' Verschwinden ausgenutzt, um mir nicht zu sagen, was sie über die Haberdashes wusste. Warum hatte ich das nicht schon früher bemerkt? Soweit ich wusste, steckte sie vielleicht sogar mit den Entführern unter einer Decke. Immerhin hatte uns der magische Tracker direkt zu ihrem Vertrauten geführt. Blackjack war auch lange genug mit Fluffikins allein gewesen, um ihn an einer mir unbekannten Stelle verstecken zu können. Warum hatte ich ihn und Val beim Wort genommen?

Und warum hatte ich eigentlich nie Telefonnummern mit Parker ausgetauscht? Gut, wir wohnten nur wenige Meter voneinander entfernt und kannten uns auch erst ein paar Tage, aber trotzdem.

Wenn ich ihn jetzt anrufen könnte, würde er mir sicher helfen. Stattdessen war ich hoffnungslos allein an einem weit entfernten Ort und hatte nur noch die Hälfte des Geldes von dem Bündel, das Val mir gegeben hatte. Ich musste einen Ausweg finden, und zwar schnell, denn ich bezweifelte, dass ich mir eine zweite Nacht in diesem Motel würde leisten können.

In einem Anflug von Verzweiflung nahm ich das Telefon in die Hand und wählte die Auskunft. „FISCHERS FRITZ in Beech Grove, Georgia, bitte", sagte ich, als die Vermittlung abnahm.

Sie stellte mich sofort durch, aber die Leitung klingelte und klingelte. Entweder war der Inhaber zu beschäftigt, um abzunehmen, oder er hatte für heute bereits geschlossen. Das war ja mal wieder typisch.

Abermals rief ich die Auskunft an und nannte ihr die Namen einiger anderer Geschäfte aus dem Stadtzentrum. Diesmal gab sie mir eine Liste mit Nummern, die ich mir auf dem Briefpapier des Motels notierte. Ich rief jedes einzelne an und fragte denjenigen, der abnahm, ob er Parker Barnes kenne, aber niemand hatte je von ihm gehört.

Seltsam. Wie konnte er sein ganzes Leben in Beech Grove gelebt haben, ohne dass jemand ihn kannte? Es war, als wäre er ein Geist.

Mist. Nun begann ich, den letzten Hoffnungsschimmer zu verlieren, an den ich mich geklammert hatte.

Ich riss das Blatt Papier mit den notierten Nummern ab und warf es in den Papierkorb, dann setzte ich mich mit einem frischen Blatt hin und begann, eine neue Liste zu schreiben. Diese enthielt alle Hinweise und Ungereimtheiten, die mir bisher aufgefallen waren.

Zuerst zählte ich die Namen derer auf, die verschwunden waren. Ich wusste immer noch nicht, wie viele Katzen betroffen waren, aber ich erinnerte mich, dass Mungo und Lester in der Gasse über Percy gesprochen hatten. Ich notierte ihre Namen und fügte dann Melony und Fluffikins hinzu. Das machte fünf vermisste Menschen – oder Lebewesen – aus.

Dann schrieb ich Orte nieder, die eine Rolle spielen könnten. Bis jetzt hatte ich jedoch nur FISCHERS FRITZ und den Hundepark auf Caraway Island. Ich würde morgen zwar aufs Festland fahren, aber ich wusste noch nicht, ob das tatsächlich relevant war.

Zu den Verdächtigen gehörten Melony – ich wollte sie nicht vom Haken lassen, nur weil sie auch entführt worden war –, Val und Blackjack, dieser Scavo, über den sie gesprochen hatten, und vielleicht sogar Melonys Großvater. Val hatte sehr auffällig auf die Erwähnung des Nachnamens Haberdash reagiert.

Das war alles. Alles, was ich wusste, passte auf ein einziges Blatt Papier. *Seufz.*

Ich starrte es eine ganze Weile an in der Hoffnung, dass sich die Worte zu einer Art Offenbarung zusammenfügten, die alles erklären würde. Aber nichts dergleichen geschah.

Frustriert faltete ich die Liste zusammen und steckte sie in meine Tasche.

Da ich nicht wusste, was ich jetzt tun sollte, ging ich zu einem Fast-Food-Restaurant, an dem ich auf dem Weg zum Motel vorbeigekommen war, und schlug mir den Bauch voll. Ich nahm ein paar Cheeseburger für später mit ins Motel und ging dann früh ins Bett, damit ich am nächsten Morgen vor Energie strotzen und startklar sein würde.

22

Anscheinend war diese Angie Russo so etwas wie eine kleine Berühmtheit in dieser malerischen Küstengegend namens Blueberry Bay. Ich hatte überhaupt keine Probleme, auf der Fähre jemanden zu finden, der mir den Weg zu ihrem Haus in Glendale zeigen konnte – und ich dachte, Beech Grove wäre eine Kleinstadt!

Die meisten Leute hielten die sogenannte Tierdetektivin für ziemlich schräg, aber sie mochten sie trotzdem.

„Angie und ihre Großmutter hielten erst gestern Abend eine große Wohltätigkeitsveranstaltung ab, um dem Tierheim zu helfen", erzählte mir eine etwa zehn Jahre ältere Frau, als sie hörte, wie ich nach Miss Russo fragte.

Eine andere neue Bekannte erwähnte, dass sie in die gleiche Richtung unterwegs sei und mich mitnehmen könnte. Und so stand ich kurz nach acht Uhr morgens auf der Veranda eines imposanten Herrenhauses im Ostküstenstil.

Als ich klopfte, ertönte ein schrilles Bellen aus dem Inneren. Es wurde immer lauter, zusammen mit dem Kratzen von Krallen, bis die Tür aufschwang und ein kleines Tier auf die Veranda flitzte, um mich zu begrüßen.

Das Bellen verwandelte sich in ein Wimmern, als der weitgehend schwarze Chihuahua an meinem Schienbein emporsprang.

„Sie möchte, dass Sie sie hochheben", sagte eine Frauenstimme von der Türschwelle aus.

Ich schnappte mir den zappelnden Hund und richtete mich wieder auf. „Sind Sie Angie?", fragte ich die Frau, von der ich jetzt sah, dass sie mindestens siebzig Jahre alt war und einen eng anliegenden Trainingsanzug aus pinkfarbenem Velours trug.

Sie brach in Gelächter aus, als hätte ich gerade den besten Witz der Welt erzählt. „Oh, um Himmels willen, nein! Ich bin ihre Großmutter, und das süße Pelzknäuel in Ihren Armen ist meine Paisley. Angie holt noch den Schlaf der letzten Nacht nach. Wir hatten eine tolle Fete. Vielleicht möchten Sie am Nachmittag wiederkommen?"

Ich streichelte gedankenverloren den Kopf des kleinen Hundes, während sie in meinen Armen bebte und zitterte. „Es ist nur so, dass ich ein großes Problem habe, und je länger ich warte, desto größer wird es", versuchte ich zu erklären. Was sollte ich tun, wenn sie mich abwies? Wo könnte ich als Nächstes hingehen?

Sie schürzte die Lippen. „Ich verstehe."

Ich beschloss, direkt zur Sache zu kommen, in der Hoffnung, dass sie Mitleid mit mir haben würde anstatt mich wegzuschicken. „Ist es wahr, dass sie mit Tieren sprechen kann?"

Die alte Frau begann zu nicken, hielt dann aber inne. Sie verzog das Gesicht. „Ähm, darüber darf ich eigentlich nicht mehr reden."

Sie kaute auf ihrer Lippe herum, während wir uns schweigend gegenüberstanden.

Der Chihuahua zitterte weiterhin vor Aufregung.

„Möchten Sie vielleicht auf eine Tasse Tee hereinkommen, während Sie warten?", bot Angies Großmutter schließlich an.

Ich nickte und folgte ihr ins Wohnzimmer, wo ein ziemlich großer, braun-getigerter Kater auf dem Sofa saß und mich allem Anschein nach skeptisch beobachtete. Konnte er sprechen wie die anderen Katzen, die ich in der letzten Woche kennengelernt hatte? War er auch eine Art Polizist, Spion oder Diplomat? Es war schwer, ihn für etwas anderes als eine Hauskatze zu halten, angesichts seines trägen Verhaltens und seiner offensichtlichen Speckröllchen.

Als sie bemerkte, dass ich die getigerte Katze anstarrte, kicherte meine Gastgeberin und sagte: „Oh, achten Sie nicht auf unseren Octocat. Er ist von Natur aus mürrisch. Kommen Sie mit in die Küche. Sind Sie hungrig? Ich habe eine Ladung Vanillekipferl im Ofen."

Mein Magen knurrte bei der Aussicht auf frische Backwaren, und ich nickte begeistert.

Angies Großmutter ging um einen aufklappbaren Kartentisch herum, der mit zusammengeknüllten Servietten und anderem Müll bedeckt war. „Sie müssen die Unordnung entschuldigen. Wir hatten gestern Abend eine große Wohltätigkeitsgala und sind immer noch dabei, den Teil mit dem Aufräumen nachzuholen. Wir wollten eigentlich gestern fertig werden, aber dann ist die Leiche aufgetaucht, und ..."

„Leiche?", quietschte ich und trat einen Schritt zurück, um etwas Abstand zwischen uns zu bringen. Ich drückte den kleinen Hund wie ein Schutzschild an meine Brust. Diese verrückte, alte Dame würde mir doch sicher nicht wehtun, solange ich ihr Haustier hielt, richtig?

Angies Großmutter schnalzte mit der Zunge. „Oh, sehen Sie mich nicht so an. *Ich* habe ihn nicht getötet.“

„Vielleicht war das hier eine schlechte Idee“, wimmerte ich, bereit, diesen Ort zu verlassen und zu versuchen, per Anhalter zurück nach Georgia zu fahren. Oder vielleicht könnte ich bei meinem Verleger in New York vorbeischauen und um eine Fahrgelegenheit bitten.

Hinter mir erklangen Schritte, und als ich mich umdrehte, sah ich eine große Frau mit sandbraunem Haar, die einen gepunkteten Pyjama trug. „Guten Morgen“, sagte sie mit einem freundlichen Lächeln. „Wer ist das, Grandma?“

„Sie hat mir noch keinen Namen genannt, aber sie ist wegen dir hier, Liebes“, sagte die alte Frau achselzuckend.

„Warum sieht sie aus, als ob sie einen Geist gesehen hätte? *Grandma.*“ In ihrer Stimme lag ein warnender Tonfall.

Angies Großmutter zuckte wieder mit den Schultern. „Ich habe sie nur über die Ereignisse der letzten Nacht informiert, das ist alles.“

„Wie oft muss ich dich noch daran erinnern, dass Mord nie ideal dafür ist, das Eis zu brechen?"

Die alte Dame kicherte, während sie den Kessel aufsetzte.

„Sind Sie Angie?", fragte ich und fühlte mich zumindest ein wenig sicherer, jetzt, wo ich nicht mehr mit der schrägen Großmutter allein war. „Ich habe gehört, dass Sie mir vielleicht helfen könnten. Mein Name ist Tawny, und ich bin nicht von hier."

Sie schenkte mir ein breites Lächeln und hob die Hand zum Gruß. „Ja, die bin ich. Kommen Sie, wir machen es uns im Wohnzimmer gemütlich und Sie können mir alles erzählen."

23

Angie ließ sich auf der Couch neben ihrem Kater nieder, während ich Platz auf dem Ohrensessel daneben nahm. Die Möbel waren steif, aber irgendwie auch einladend.

Ich setzte den zappeligen Chihuahua auf den Boden, aber sie hüpfte sofort wieder zu mir auf den Sessel und kuschelte sich an meinen Oberschenkel.

„Haben Sie einen Fall für mich?", fragte Angie und beugte sich interessiert vor.

Ich nickte und fragte mich, wie viel ich ihr sagen konnte. „Habe ich. Es geht um eine vermisste Katze. Nun, eigentlich um mehrere."

„Eine vermisste Katze finde ich locker", prahlte Angie mit vor Aufregung großen Augen. „Ich habe schon einmal einen vermissten Hund gefunden – den

Hund des Bürgermeisters, um genau zu sein –, und einmal war sogar mein eigener Kater verschwunden, aber wie Sie sehen können, ist er jetzt wieder da."

Sie legte eine Hand auf den Rücken des Katers, doch als er zusammenzuckte, riss sie sie wieder weg, als ob sie sich verbrannt hätte, und sah mich erwartungsvoll an.

Vielleicht bildete ich mir das nur ein, aber Angie schien mir fast zu eifrig zu helfen.

„Val hat mich an Sie verwiesen. Sie sagte, Sie könnten mit Tieren sprechen", erwähnte ich und studierte meine neue Bekanntschaft nach Anzeichen, dass die Gerüchte wahr sein könnten.

Und ich wurde nicht enttäuscht. Angie lachte so heftig, dass ihr Gesicht rot anlief. „Was für ein Witzbold, diese Val! In Wirklichkeit kenne ich nicht einmal eine Val." Sie zuckte mit den Schultern und verdrehte die Augen auf so theatralische Weise, dass ich keinen Zweifel mehr an Vals Behauptungen hatte.

„Ist schon gut. Ich werde Ihr Geheimnis nicht verraten", versprach ich und wünschte, wir könnten einfach zur Sache kommen. Schließlich hatte ich nicht den ganzen Tag Zeit, sie davon zu überzeugen, mir zu helfen. „Es ist nur so, dass ich wirklich verzweifelt nach einem verschwundenen Kater suche. Sein Name ist Mr Fluffikins."

Angie legte den Kopf schief und starrte mich mit einer neuen Intensität an, die mich nervös machte. „Das ist kein sehr geläufiger Name."

Ich schüttelte den Kopf. „Nein, das ist er wohl nicht. Können Sie mir helfen?"

Ihre Großmutter kam mit einem Tablett herein, auf dem sie die von ihr erwähnten Vanillekipferl und drei Tassen mit englischem Frühstückstee balancierte.

Der kuschelnde kleine Chihuahua flitzte sofort zu ihr hinüber.

„Was habe ich verpasst?", fragte sie und nahm neben ihrer Enkelin Platz. „Irgendwas Gutes?"

Angie schien sich ein wenig beruhigt zu haben, jetzt, da ihre Großmutter sich in das Gespräch eingeschaltet hatte. „Tawny hier versucht, ihre vermisste Katze, Mr Fluffikins, zu finden", erklärte sie.

Die Augen der älteren Dame weiteten sich bei dieser Neuigkeit. „Ist das nicht die Katze von gestern Abend, die dir gesagt hat ..."

„Grandma, du weißt doch, dass ich nicht wirklich mit Tieren sprechen kann", unterbrach Angie mit einem schrillen Kichern und einem weiteren Augenrollen. Sie hielt dem Blick ihrer Großmutter einige Augenblicke lang stand, bis die alte Frau endlich wegschaute und einen langen Schluck von ihrem Tee nahm.

„Wir haben gestern Abend den *Schwarze-Katzen-Benefizball* veranstaltet", fuhr Angie fort. „Unser Ziel war es, ein Zuhause für schwarze Katzen aus dem örtlichen Tierheim zu finden und Spenden zu sammeln. Unter den zu adoptierenden Katern gab es auch einen namens Mr Fluffikins."

„Aber wie ist das möglich?", fragte ich und umklammerte meine Teetasse. „Er wurde doch erst gestern Nachmittag entführt. Und dann auch noch von Caraway Island."

Angie schien sich daran nicht zu stören. „Na ja, wir sind ja alle so etwas wie eine große Kleinstadt hier in der Bucht. Es ist durchaus möglich, dass das Tierheim von Glendale ein paar schwarze Katzen aus anderen Rettungsstationen der Gegend mitgebracht hat."

Ich stand auf. „Heißt das, er ist wieder im Tierheim? Sollte ich mich dahin wenden?"

Angie seufzte tief und bedeutete mir, mich wieder zu setzen. „Nein, er wurde adoptiert."

„Adoptiert!", explodierte ich. „Nein, nein, nein. Das ist nicht möglich. Er ist mein Kater, und ich brauche ihn unbedingt zurück!"

„Es wird schon alles gut gehen. Wenn er Ihnen

gehört, werden ihn die neuen Besitzer sicher zurückgeben. Wir können einfach seine Adoptionsgebühr zurückerstatten." Angie griff sich ein warmes Kipferl und biss genüsslich hinein.

„Nichts für ungut", stimmte ihre Großmutter zu.

„Aber wo sind diese neuen Besitzer?", wollte ich wissen. Sollten Tierheime nicht wenigstens versuchen, die eigentlichen Besitzer zu finden, bevor sie eine Katze weggaben? Sie mussten vor der Adoption ja seine Gesundheit und sein Temperament überprüft haben. Irgendetwas stimmte hier definitiv nicht.

„Lassen Sie mich eine kurze Nachricht schreiben, um zu sehen, ob das Tierheim die Infos rüberschicken kann. Ich bin sicher, unter diesen Umständen ..." Angie zückte ihr Handy und begann, viel schneller zu tippen, als ich es jemals könnte. Ein paar Augenblicke später sah sie mit einem zufriedenen Grinsen zu mir auf. „So. Wir sollten jeden Moment von ihnen hören."

„Bitte, genießen Sie Ihren Tee", sagte die Großmutter und deutete auf die Tasse in meinen Händen.

Ich nahm einen zaghaften Schluck, dann noch einen. Es dauerte nicht lange, bis ich die ganze Tasse geleert hatte.

„Oh, da haben wir es ja!", rief Angie und fuchtelte

mit ihrem Telefon herum. „Das Tierheim hat gerade zurückgeschrieben."

Ich stellte meine leere Tasse zurück auf das Tablett und beobachtete, wie Angies Miene sich verfinsterte.

„Oh", sagte sie nur.

„Was ist, Liebes?", fragte ihre Großmutter und ersparte mir die Mühe, es selbst zu tun.

„Mr Fluffikins wurde in einem Heim auf Caraway Island untergebracht", sagte sie mit einem seltsamen Ausdruck.

Natürlich wurde er das.

Langsam fühlte ich mich wie der Hauptcharakter in J.R.R. Tolkiens Fantasy-Klassiker *Der Hobbit – Hin und Zurück.*

24

Angie fuhr mich zurück zur Fähre und parkte den Wagen, um mit mir zu warten. „Was man über mich sagt, stimmt nicht, wissen Sie?"

„Hmmm?", fragte ich und starrte gedankenverloren in die Ferne.

„Dass ich mit Tieren rede, meine ich. Das ist doch verrückt, oder?" Angies Augen bohrten sich in mich. Ich konnte ihren intensiven Blick spüren, ohne mich zu ihr umzudrehen.

„Ja, total", stimmte ich zu und schenkte ihr ein beschwichtigendes Lächeln.

„Ich verstehe ihre Körpersprache einfach sehr gut. Anscheinend macht mich das zu einem Tierflüsterer." Sie lachte unbehaglich, und ich stimmte aus

Höflichkeit mit ein. Das würde eine lange Wartezeit werden. Ich hatte keine Ahnung, wie oft die Fähre ankam. Bei meinem Glück würden wir den ganzen Tag warten müssen. Nicht zum ersten Mal an diesem Tag sehnte ich mich nach Fluffikins und seiner Fähigkeit, uns mit rekordverdächtiger Geschwindigkeit von Ort zu Ort zu fliegen.

„Also, was ist Ihre Geschichte, Tawny?", fragte Angie schließlich. „Die rosa Haare und die schwarzen Klamotten hinterlassen einen ziemlich bleibenden Eindruck. Was wollen Sie der Welt mitteilen?"

Sie hatte vielleicht gut reden. Bevor wir das Haus verließen, wechselte sie aus ihrem gepunkteten Pyjama in ein Outfit mit Beinstulpen und einem schulterfreien Pullover. Ich war zwar keine großartige Fashionista, aber zumindest wusste ich, in welchem Jahrzehnt wir lebten.

„Mein Kleid ist dunkelviolett, eher Brombeere als echtes Schwarz", korrigierte ich sie, behielt den Rest meiner Gedanken allerdings für mich.

„Aber warum der ganze Schmuck? Es wirkt fast wie ein Kostüm." Sie grinste mich breit an, um ihre Worte ein wenig zu entschärfen.

Na schön, damit hatte sie wohl recht. Ich hatte lange darüber nachgedacht, ob ich die Unmengen an

Schmuck an diesem Morgen im Motel lassen sollte, mich aber schließlich dazu entschieden, ihn bei mir zu behalten, um Connie nicht unnötig zu verärgern. Auch wenn sie behauptete, sich von Geld statt von Blut zu ernähren, war ich einfach nicht bereit, ein Risiko einzugehen, wenn es um die launische Vampirin ging.

Wenn Angie jedoch an ihrer albernen Tarngeschichte festhalten wollte, würde ich mich ebenfalls bedeckt halten. Ich war Blackjack und Val gegenüber viel zu vertrauensselig gewesen, aber den Fehler musste ich ja nicht zweimal machen.

„Ich bin eine Hellseherin", sagte ich daher mit einem breiten Lächeln.

Angie schien ein wenig überrascht. „Cool. Sie können also in die Zukunft sehen und so?"

Ich schüttelte den Kopf. „Nicht wirklich. Ich bin nur gut darin, die Körpersprache der Leute zu deuten und ihnen dann zu sagen, was sie hören wollen."

„Oh, wir sind uns also irgendwie ähnlich?", sagte sie mit einem weiteren, schrillen Lachen.

„Jupp." Beide Betrügerinnen mit schäbigen Tarngeschichten.

„Ich wusste, dass Sie das nicht ernst meinen", sagte sie nach einem Moment.

Ich nickte, schwieg aber.

Die Fähre kam kurze Zeit später an und befreite mich von Angies unbeholfenen Versuchen, mich in eine Unterhaltung zu verwickeln.

Erleichterung überkam mich, bis etwas Schreckliches und Unerwartetes passierte ...

„Ich komme mit", informierte Angie mich, gerade als ich die Hand in Richtung Tür strecken wollte.

Bevor ich widersprechen konnte, fuhr sie mit ihrem Auto in die Warteschlange für das Boarding. Na schön, meine Suche würde mit einer motorisierten Eskorte wohl schneller gehen. Und es war ja nicht so, dass Angie die Dinge noch unangenehmer machen könnte, als sie es ohnehin schon waren ... oder?

„Sie lösen also gerne Rätsel, hm?", fragte ich und entschied mich schließlich, ihr trotz meiner Vorbehalte zu vertrauen. So verzweifelt war ich.

Sie schenkte mir ihr bisher größtes Lächeln. „Oh, ja. Das ist mein Job. Wollten Sie mich offiziell für Ihren Fall engagieren?"

„Ich habe im Moment nicht wirklich viel Geld. Ich könnte Sie bezahlen, nachdem wir den Fall gelöst haben, aber ..." Ich zuckte mit den Schultern. „Ich kann nicht erwarten, dass Sie umsonst arbeiten."

„Oh, doch, doch, das können Sie. Ich arbeite die ganze Zeit umsonst. Der Treuhandfonds meiner

Katze bezahlt alle unsere Rechnungen. Außerdem brauche ich die Erfahrung, damit meine Fähigkeiten nicht einrosten."

Hm, das war ja seltsam.

„Sie wollen mir also helfen?", fragte ich und hob überrascht die Augenbrauen.

Angie nickte. „Wenn Sie mich lassen."

„Okay, schauen Sie mal." Ich griff in meine Tasche und reichte ihr die Liste, die ich am Abend zuvor erstellt hatte. „Das sind alle Informationen, die ich im Moment habe."

Angie überflog mit gerunzelter Stirn die Liste. „So viele Menschen sind verschwunden, und Sie fangen mit Ihrem Kater an?"

„Oh, nein. Nur eine Person. Melony." Ich zeigte auf ihren Namen. „Das andere sind Katzen."

„Und was ist der Rest hier?", fragte sie, während ihr Blick über das Papier wanderte.

„Verdächtige und wichtige Örtlichkeiten."

„FISCHERS FRITZ?", fragte sie mit einem Kichern.

„Das ist ein Fischhändler bei uns in Georgia."

„Georgia?", platzte Angie heraus und schob mir die Liste wieder zu. „Was machen Sie denn dann hier? Glauben Sie wirklich, jemand hat Ihre Katzen entführt und ist zwanzig Stunden hierher gefahren?"

Ich starrte sie voller Ehrfurcht an. Vielleicht war sie doch nicht so ahnungslos, wie sie zunächst schien. „Wie haben Sie die Fahrtdauer so schnell geschätzt? Das wusste nicht einmal ich."

„Meine Cousine lebt in Georgia", verriet sie mit einem nachdenklichen Lächeln. „In der Gegend um die Peach Plains. Kennen Sie die?"

„Äh, ja, da wohne ich."

Etwas leuchtete in ihren Augen auf. „Larkhaven?"

„Nein, Beech Grove."

Und sofort erlosch das Leuchten wieder. „Oh", flüsterte sie.

„Oh", flüsterte ich zurück.

Angie sprach den Rest der Überfahrt nicht mehr mit mir und bewies damit, dass sie noch seltsamer sein konnte.

25

Nachdem die Fähre angedockt hatte, fuhr Angie uns direkt zu der Adresse auf den Adoptionspapieren, die uns das Tierheim per E-Mail geschickt hatte.

Oder besser gesagt, sie versuchte es.

„Hmmm, irgendwie bin ich daran vorbeigefahren. Halten Sie die Augen nach der Hausnummer siebenhundertachtundvierzig offen", murmelte sie und fuhr erneut langsam die Straße in der Wohngegend entlang.

Wir suchten akribisch die Gegend ab, aber die Zahlen sprangen von siebenhundertdreiundvierzig direkt auf siebenhundertzweiundfünfzig. Definitiv kein gutes Zeichen.

„Hat da wirklich jemand eine falsche Adresse

angegeben? Wer tut so was?" Verärgert schlug Angie auf das Lenkrad.

„Jemand, der nicht gefunden werden will", erwiderte ich. Angie parkte am Straßenrand und stöhnte frustriert auf.

Irgendetwas ging hier vor sich. Etwas Großes. Würden ich und meine schräge neue Bekannte es schaffen, dem ganzen Wahnsinn ein Ende zu setzen?

„Warten Sie hier", sagte sie und schnallte sich los. „Ich bin gleich wieder da."

Ich beobachtete, wie sie zu einem Garten ein paar Häuser weiter ging und sich bückte, um einen Corgi anzusprechen, der sich auf einem vertrockneten Flecken Gras sonnte. Das konnte auf keinen Fall derselbe Corgi sein, den ich gestern im Park getroffen hatte … Oder?

Angie hockte sich in der Nähe des Hundes auf den Boden, das Gesicht von mir abgewandt, aber trotzdem war es unglaublich offensichtlich, dass sie mit ihm sprach.

Sie unterhielten sich einige Minuten lang, bevor die Haustür des dazugehörigen Hauses aufschwang und ein mir bekannter Mann auf die Veranda trat. Es war der Mann aus dem Hundefreilauf, der dachte, ich bräuchte psychiatrische Hilfe.

Ich sprang aus Angies Auto und rannte los, um unser Verhalten zu erklären.

„Sie schon wieder", sagte der Besitzer des Corgis, als er mich erblickte.

„Hallo, ja. Erinnern Sie sich an den Kater, den ich neulich bei mir hatte? Er ist verschwunden und meine Freundin hier versucht, mir zu helfen, ihn zu finden."

Er verschränkte die Arme vor der Brust und starrte uns an. „Indem Sie unbefugt in meinen Garten eindringen?"

„N-Nein", stotterte ich und trat einen Schritt zurück. „Sorry. Sie liebt einfach Tiere. Sie hat Ihren süßen Hund hier gesehen und wollte nur mal Hallo sagen."

Angie wurde endlich auf uns aufmerksam und stand hastig auf, um mir zu Hilfe zu eilen. „Ich liebe Corgis und ihre kleinen, herzförmigen Hinterteile einfach. Ich habe sogar darüber nachgedacht, selbst einen zu adoptieren, aber ich will noch mehr recherchieren. Sagen Sie, würden Sie Corgis einem Freund empfehlen?"

„Ich würde Ihnen empfehlen, aus meinem Garten zu verschwinden", brummte der Mann und erdolchte Angie regelrecht mit seinem Blick. „Komm, Baron. Lass uns reingehen!"

Der Hund rannte erstaunlich schnell, wenn man bedachte, wie kurz seine Beinchen waren. Er schlüpfte ins Haus, und der Mann schlug uns die Tür vor der Nase zu.

„Wie unhöflich", schmollte Angie, als wir beide zum Auto zurückgingen.

„Was hat Baron Ihnen erzählt?", fragte ich, als wir wieder sicher darin saßen. „Mit seiner Körperspra-che, meine ich."

„Oh, richtig." Angie legte den Kopf zurück und schloss die Augen. Einen Moment lang dachte ich, sie würde mir nicht antworten, aber dann tat sie es doch. „Er hat in letzter Zeit eine Menge seltsamer Passanten hier gesehen. Erst war da ein großer Mann, dann ein Kater, und dann wir."

Fluffikins! Vielleicht war die falsche Adresse nur ein Irrtum gewesen. Der Chefkater könnte noch in der Nähe sein.

„War es ein schwarzer Kater mit einem weißen Fleck?", fragte ich eifrig und setzte mich aufrechter hin.

„Nein, ich glaube, er sagte, es sei ein Schildpatt gewesen. Ähm ... Zumindest habe ich es so interpre-tiert." Kein Wunder, dass so viele Gerüchte über diese Frau kursierten. Sie war hundsmiserabel darin, ihr Geheimnis zu bewahren.

Aber das war ihr Problem. Ich hatte viel größere, dringendere Angelegenheiten, um die ich mich sorgen musste.

„Können wir einfach ein bisschen herumfahren?", fragte ich, wobei meine Hoffnung immer mehr ins Bodenlose sank.

„Oh, sicher." Angie legte den Gang ein und drehte langsame Runden durch die Nachbarschaft, wobei sie darauf achtete, das Haus des fiesen Corgi-Typen zu meiden.

Keine von uns beiden redete, während sie uns durch die umliegenden Straßen kutschierte. Ich hatte schon fast alle Hoffnung verloren, als …

„Angie, halten Sie den Wagen an!", rief ich aus vollem Halse.

Wir kamen ruckartig zum Stehen, und mein Sicherheitsgurt grub sich mir schmerzhaft in die Brust.

„Was ist los?", rief Angie, als sie auf der Suche nach Antworten die Gegend musterte.

Aber ich war schon aus der Tür und lief die Straße hinunter.

26

ch sprang Parker direkt in die Arme, und wir beide taumelten durch den rasanten Aufprall rückwärts.

„Du hast mich gefunden!" Ich weinte – weinte tatsächlich – vor lauter Erleichterung.

„Du bist eine schwer zu findende Frau, Tawny Bigford", murmelte er und strich mir eine Träne von der Wange. „Ich bin so froh, dass du in Sicherheit bist."

„Woher wusstest du, dass ich hier sein würde?", fragte ich, starrte in seine wunderschönen grauen Augen und wunderte mich, ob jetzt ein guter Zeitpunkt für den ersten Kuss sein könnte, von dem wir beide wussten, dass er kommen würde.

„Als du, Melony und Mr Fluffikins verschwanden, geriet ich in Panik. Ich habe es erst nachmittags mitbekommen, als ich vorbeikam, um nach euch zu sehen. Da ich weder dich noch Melony finden konnte, versuchte ich, Mr Fluffikins zu erreichen, aber er war auch weg. Niemand wusste etwas, also fing ich an, Fluffikins' Papierkram zu durchwühlen – der Kerl zeichnet alles auf – und fand die magische Signatur für Melonys Tracker. Diese führte mich zu einer Art ..."

„Hundepark", beendete ich den Satz für ihn.

„Ja." Parker schenkte mir ein schwaches Lächeln, dann stolperte er nach vorne.

Ich griff nach ihm, um ihn zu stützen. „Hey. Was ist los?"

Er gähnte und schwankte leicht zur Seite. „Ich fühle mich so ausgelaugt. Als ob ich schon seit Tagen ohne Schlaf auf den Beinen wäre. Es ist seltsam."

„Bist du verletzt?" Ich begann sofort, ihn auf Verletzungen zu untersuchen. Vielleicht war das Teleportieren doch gefährlicher, als Fluffikins gesagt hatte.

„Ich glaube ..." Er hielt inne und holte tief Luft. „Ich glaube, jetzt, wo ich ein Stadthexer bin, fällt es mir schwer, von meiner Stadt weg zu sein. Meine Magie ..."

Er hob eine Hand und machte eine Drehbewegung. Ein kleiner Funke flog aus seinen Fingerspitzen und verpuffte in der Luft. „Ich glaube, das war das letzte bisschen", sagte Parker und sackte dann an meiner Seite zusammen.

„Wir müssen dich zurückbringen!" Ich schlang einen seiner Arme um meine Schultern und wandte mich in Richtung des Autos.

Angie stand vor der Fahrertür und starrte uns beide mit großen Augen an.

„Wir müssen ihm helfen", rief ich ihr zu und versuchte, Parker zum Wagen zu führen.

Aber er wehrte sich. „Ich kann nicht ohne Fluffikins gehen. Ohne den Diplomaten gibt es keine APZ."

Angie runzelte die Stirn und schüttelte den Kopf. „Wovon redet er, Tawny? Was war das für ein Trick, den er mit dem Lichtblitz gemacht hat?"

„Eine Freundin von dir?", keuchte Parker und drehte seinen Kopf auf eine ruckartige Weise zu mir, die fast schmerzhaft aussah.

„So in der Art", flüsterte ich, sodass nur er es hören konnte. „Sie hilft mir bei der Suche nach Fluffikins."

„Warum habt ihr über Magie gesprochen?", rief Angie, während sie unbehaglich lachte. „Ich meine, Magie ist doch nicht real."

Parker und ich wechselten einen besorgten Blick.

„Oder?", quietschte Angie und legte eine Hand auf ihre Brust, als wollte sie überprüfen, ob ihr Herz darunter noch schlug.

„Wir müssen ihr Gedächtnis löschen", raunte Parker, zog dann seinen Arm von meinen Schultern, hob beide Hände hoch und brummte angestrengt.

Angie trat einen Schritt zurück. „Hört mal, Leute. Ich weiß nicht, was das hier soll, aber es ist nicht sehr lustig."

„Es hat nicht funktioniert", stöhnte Parker, als seine Knie wegen der Anstrengung nachgaben. „Meine Kräfte sind aufgebraucht."

„Wir werden Mr Fluffikins finden, und er wird sich um alles kümmern", beschloss ich laut, während ich ihm wieder auf die Beine half.

Angie riss die Tür der Fahrerseite auf. „Ich sollte jetzt besser gehen. Machen Sie sich keine Sorgen wegen der Bezahlung. Tschüss, man sieht sich!"

Ich sah nur eine Chance, also ergriff ich sie. Ich ließ Parker los, in der Hoffnung, dass er sich aufrecht halten konnte, dann stürzte ich zur Beifahrertür und schlüpfte auf den Platz neben Angie. „Nichts da, Sie kriegen Ihre Bezahlung bald. Haben Sie noch ein bisschen Geduld mit uns."

Parker taumelte etwas zombiehaft auf das Auto

zu, und ich ließ die Tür offen, um zu verhindern, dass Angie ohne ihn losfuhr.

Sie seufzte schwer und presste ihre Stirn gegen das Lenkrad. „Ich habe ständig mit Mördern, Veruntreuern und anderen Gaunern zu tun, aber ich glaube nicht, dass ich jemals so viel Angst hatte wie jetzt. Bitte lassen Sie mich einfach nach Hause gehen und so tun, als hätte ich nie gehört oder gesehen, was gerade passiert ist. Ich werde es niemandem erzählen, ich schwör's."

„Bitte helfen Sie uns", flehte ich, wohl wissend, wie viel ich von ihr verlangte. „Sie haben doch auch einen Kater. Würden Sie nicht alles tun, um ihn zurückzubekommen?"

Sie hob ihren Kopf und betrachtete mich misstrauisch. Unverhüllte Tränen schimmerten in ihren Augen, und es tat mir zutiefst leid, dass ich sie in diese Sache verwickelt hatte. Schließlich war ich erst vor ein paar Tagen in genau der gleichen Situation gewesen. Aber wir brauchten sie. Parker und ich würden es ohne ihre Hilfe keine zehn Meter weit schaffen, und ich konnte ihn nicht im Stich lassen, wo er doch den ganzen Weg gekommen war, um mich zu finden.

„Ich verspreche Ihnen, dass wir Sie beschützen werden", sagte ich, verzweifelt darum bemüht, ihr

Vertrauen zu gewinnen. „Alles wird gut, und Sie bekommen am Ende einen fetten Gehaltsscheck für Ihre Mühen."

Sie seufzte, und gerade als ich dachte, sie würde mir sagen, ich solle aus ihrem Auto aussteigen und so tun, als hätte ich sie nie getroffen, lächelte sie, legte beide Hände ans Lenkrad und drehte sich zu mir. „Okay. Packen wir's an."

27

Nachdem Parker auf den Rücksitz geklettert war, fuhren wir wieder durch die Viertel und Seitenstraßen von Caraway Island. So sehr ich es auch hasste, so weit weg von zu Hause zu sein, hatten wir es hier auf dieser kleinen Insel wenigstens mit einem begrenzten Suchgebiet zu tun.

Während Angie fuhr, reichte ich Parker die Liste, die ich im Motel verfasst hatte, um ihn auf den neuesten Stand zu bringen, was zugegebenermaßen nicht viel war.

„Ich kann ein paar Dinge hinzufügen", sagte er, nachdem er sie einen Moment lang studiert hatte. „Ohne Magie oder viel körperliche Energie bin ich für diese Mission zwar eher eine Belastung, aber mein Gehirn funktioniert noch bestens. Ich habe keine Ahnung, wer Val und Blackjack sind, aber mit Einem haben sie recht: Scavo ist zurück."

Ich schüttelte ungläubig den Kopf, während die Vorstadtszenerie langsam vorbeirollte. „Aber Mr Fluffikins sagte, er sei vor ein paar Jahren gestorben", erinnerte ich ihn.

„Sein Körper ist gestorben, ja, aber Scavo war so tief in dunkle Magie verstrickt, dass er es noch schaffte, seine Rückkehr zu arrangieren, bevor er ..." Parker formte sarkastische Anführungszeichen mit den Fingern. „... friedlich im Schlaf dahinschied."

Angie trat heftig auf die Bremse und wir kamen zum Stehen. „S-s-sorry", stotterte sie. „Fahren Sie fort."

„Er ist also wieder da, sieht aber anders aus?", fragte ich, um das Gespräch fortzusetzen.

„Das ist die Theorie. Wir glauben, dass er zwar einen neuen Namen angenommen, aber einige seiner alten Kontakte beibehalten hat."

Hmm. Wie Angie, war auch ich von dieser neuen Offenbarung, was Magie bewirken konnte, schockiert.

„Warum ist er nicht einfach ein Vampir geworden?", fragte ich, als mir wieder einfiel, was Connie mir erzählt hatte.

„Zum einen war er selbst kein Magier, und kein Diplomat bei klarem Verstand würde ihm diese Art von Macht verleihen. Scheint so, als hätten du und Connie während deines Umstylings ein nettes Gespräch geführt, was?" Parker lachte schwach. Verschlimmerte sich sein Zustand etwa immer mehr, je länger er von seiner Stadt wegblieb? Hoffentlich nicht!

Ich musste ihn am Reden halten, nur für den Fall, dass dieser magische Entzug wie eine Gehirnerschütterung wirkte. Ich konnte nicht riskieren, dass er mir einschlief und vielleicht nie wieder aufwachte. „Okay, also ist Scavo zurück und möglicherweise in diese ganze Geschichte verwickelt. Aber wieso weißt du von seiner Rückkehr und Fluffikins nicht?"

Als er nicht sofort antwortete, drehte ich mich um und sah, dass er sich mit geschlossenen Augen zurückgelehnt hatte. „Parker!", rief ich und stupste sein Knie an.

Er blinzelte und versuchte, sich auf der Rückbank aufzurichten. „Richtig. Fluffikins weiß es nicht, weil es eine ganz neue Entwicklung ist. Wir haben es erst herausgefunden, kurz bevor ich die Rolle des Stadthexers übernahm."

Ich drehte mich wieder nach vorne und betrachtete Parker im Rückspiegel. „Aber hätte Fluffikins das nicht wissen müssen? Als dein Chef?", hakte ich nach. Dieser Scavo war definitiv eine heiße Spur, aber keiner von uns wusste, wie er im Moment aussah, und ich hatte auch keine Möglichkeit, mit Val oder Blackjack in Kontakt zu treten, um weitere Unterstützung zu erbitten.

„Ich habe einen Bericht eingereicht, aber ich bezweifle, dass er schon dazu gekommen ist, ihn zu lesen. Es gibt immer so viel Papierkram zu durchforsten. Bürokratie eben." Parkers Lächeln war beinahe erloschen. „Ich wusste nicht, dass Scavo jetzt von Blueberry Bay aus arbeitet anstatt von Boston aus, aber es ergibt Sinn."

„Was kannst du mir noch sagen?" Die neuen Informationen fügten sich allmählich zu einem Ganzen zusammen, aber noch ließ sich dieses Rätsel nicht lösen. Mit dem immer schwächer werdenden Parker und einer verängstigten Angie waren wir nicht gerade in Höchstform.

„Parker?", hakte ich nach, als er nicht sofort antwortete.

„Ich denke nach", sagte er. „Damit ich nichts durcheinanderbringe."

„Okay", sagte ich und wartete einige Augenblicke, während er seine Gedanken ordnete. Die ganze Zeit über beobachtete ich ihn durch den Rückspiegel, um sicherzugehen, dass er nicht wieder einnickte.

Als er schließlich antwortete, sprach er sehr undeutlich und schleppend. „Fünf Feldagenten wurden vor dieser letzten Gruppe entführt. Einer davon war Percy, wie du ja weißt. Die anderen hießen Cricket, Harry, Darjeeling und Bill."

Angie überraschte uns beide, indem sie als Nächstes das Wort ergriff. „War einer von ihnen schildpattfarben?", wollte sie wissen.

„Ja", antwortete Parker sofort. „Percy. Warum?"

Angie hielt den Wagen an und drehte sich zu Parker um. „Wir haben vorhin einen Corgi getroffen, der mir von einem Haufen Fremder erzählte, die heute an ihm vorbeigekommen sind. Ich nehme an, Sie sind der Mann, den er meinte, aber außer Ihnen hat er auch eine Schildpattkatze gesehen. Wie die, an der wir gerade vorbeigefahren sind."

„Sie können mit Tieren sprechen?", fragte Parker und hob mit großer Anstrengung eine Augenbraue.

„Bei all Ihrem Gerede über magische Verbrecher- ringe und Verschwörungen kommt mir mein Geheimnis gar nicht mehr so seltsam vor", murmelte sie langsam.

„Er kommt hierher", sagte ich, als ich den kleinen

Kater erspähte, der sich unserem Auto näherte. „Runter, Parker."

Parker sank zur Seite und schien erleichtert zu sein, sich nicht mehr aufrecht halten zu müssen.

Ich wartete, bis der Kater einige Schritte an uns vorbeigegangen war, wobei ich seinem Blick auswich, um keinen Verdacht zu erregen.

„Jetzt schau mal schnell", flüsterte ich Parker zu. „Ist das Percy?"

Parker hatte Mühe, sich wieder aufzurichten, aber schließlich schaffte er es, sich mit letzter Kraft an der Rückenlehne meines Sitzes hochzuziehen. „Ja, das ist er", sagte er nach einem kurzen Blick aus dem Fenster.

Bingo! Jetzt hatten wir einen echten Anhaltspunkt, an dem wir uns orientieren konnten.

„Folgen Sie dem Kater!", sagte ich zu Angie, während Aufregung in mir hochstieg. Es war noch nicht zu spät, um die Sache in Ordnung zu bringen, und wenn mein Verdacht richtig war, dann würde uns Percy direkt zu unseren vermissten Personen ... äh, Katzen und Melony, führen.

28

Percy führte uns zu einem Backsteinhaus im Kolonialstil, in dessen Garten ein Zwangsversteigerungsschild prangte. Warum er nicht bemerkte, dass wir ihm folgten, wusste ich nicht. Vielleicht war er zu sehr auf die Straße vor sich konzentriert, um einen Blick zurück zu werfen.

Sobald er außer Sichtweite war, parkte Angie am Bordstein und wir drei stiegen leise aus. Ich marschierte geradewegs auf die Haustür zu, doch als ich mich umdrehte, sah ich, dass ich allein war.

„Leute", zischte ich und marschierte zu ihnen zurück an den Rand des Vorgartens. „Was soll das? Wir müssen nachsehen, was da drin los ist!"

„Wir kommen nicht hinein. Es ist gegen Magie abgeschirmt", erklärte Parker, als wäre dies ein normaler, alltäglicher Vorfall. Vielleicht war es das für ihn auch.

„Aber ich bin nicht magisch", argumentierte Angie, die vergeblich versuchte, sich durch die unsichtbare Wand zu schieben.

„Sie können mit Tieren sprechen. Wie kann das keine Magie sein?", merkte Parker an und setzte sich auf den Boden.

Sie machte ein langes Gesicht. „Oh."

„Sieht aus, als wärst du diesmal auf dich allein gestellt", sagte Parker und zeigte mir von seinem Platz auf dem Bürgersteig aus halbherzig den Daumen hoch. „Kommst du zurecht?"

„Muss ich wohl", sagte ich und versuchte, meinen Mut zusammenzunehmen. „Ich bin unsere letzte Hoffnung."

„Sie schaffen das", sagte Angie aufmunternd. „Immerhin sind Sie den ganzen Weg von Georgia hergekommen. Sie können jetzt nicht aufgeben."

Ich nickte, dann kehrte ich zur Tür zurück, die ich zu meiner Überraschung unverschlossen vorfand. Das Erdgeschoss war komplett leergeräumt. Auf den ersten Blick konnte ich nichts Ungewöhnliches entdecken, aber die Schutzzauber draußen waren Beweis genug, dass ich etwas finden würde, solange ich nur weiter suchte.

Nachdem ich das Wohnzimmer, die Küche und die Gästetoilette erkundet hatte, fand ich Treppen, die nach oben und nach unten führten. Ich beschloss, den ersten Stock zu durchsuchen, bevor ich mich in den Keller wagte. Langsam schlich ich die Stufen hinauf und betete, dass meine Anwesenheit unbemerkt bleiben würde.

Oben erwartete mich ein kurzer Flur mit zwei Türen auf jeder Seite. Die erste führte zu einem Badezimmer. Anders als die untere Etage schien die obere noch voll bewohnbar zu sein. Die Dusche hatte sogar einen Vorhang mit einem knallgelben Smileymuster darauf.

Die nächste Tür offenbarte eine kleine Hausbibliothek. Danach entdeckte ich ein leeres Schlafzimmer. Hinter der letzten Tür befand sich ebenfalls ein Schlafzimmer, aber dieses war nicht leer. Dort, in diesem kleinen Zimmer mit rosa Wänden und einem Prinzessinnenbett, schlief ziemlich unruhig ein stark geschminktes Mädchen mit schwarzen Haaren. Ich erkannte sie sofort, eilte an ihre Seite und versuchte, sie wachzurütteln.

„Melony! Melony!", flüsterte ich eindringlich.

Sie rieb sich schläfrig die Augen, dann bemerkte sie mich endlich und schoss im Bett hoch, als hätte sie Angst. „Was machst du denn hier?"

„Was machst *du* denn hier?", konterte ich, zerrte an der Decke und versuchte, sie aus dem Bett zu zwingen.

„Ich werde gegen Lösegeld festgehalten, was sonst."

„Du hast die Katzen also nicht entführt?" Obwohl Fluffikins mir versichert hatte, dass sie es nicht gewesen war, hatte ich bis zu diesem Moment immer noch nicht ganz an ihre Unschuld geglaubt.

Sie schnaubte und wirkte wirklich beleidigt. „Warum hätte ich das tun sollen?"

„Du sagtest, man hält dich als Geisel fest. Warum?"

„Wegen meinem Opa. Als unser Plan, den Vorstand zu vernichten, fehlschlug, wurde sein Chef super sauer. Er hat mich gekidnappt, um sicherzustellen, dass Opa diesmal nicht versagt."

„Bei was versagt?", fragte ich, während mir ein Schauer über den Rücken jagte.

„Er braucht Fluffikins für irgendeine Art von Ritual. Er hat die anderen Katzen entführt, um ihn hierher zu locken. Mich ebenfalls zu schnappen, war anscheinend nur ein glücklicher Zufall und nicht Teil des ursprünglichen Plans."

Ich wusste nicht, woher Melony all diese Antworten hatte, war aber froh darüber. „Warum will er ausgerechnet Fluffikins?"

Sie starrte mich an, als ob die Antwort auf meine Frage offensichtlich hätte sein müssen. „Er ist einer der mächtigsten Diplomaten der Welt."

„Woher weißt du das alles?", fragte ich schließlich.

Sie zuckte mit den Schultern. „Bösewichte lieben es einfach, ihre heimtückischen Pläne preiszugeben, bevor sie versuchen, alle zu töten."

Ich zog wieder an der Decke, aber Melony riss sie mir weg. „Wir müssen dich hier rausbringen."

„Ich kann diese Etage nicht verlassen. Sie ist mit einem Schutzzauber verriegelt", informierte sie mich in einem gelangweilten Tonfall. Hatte sie wirklich so schnell aufgegeben, nachdem sie gefangen genommen worden war?

„Okay, und wie breche ich den Zauber?"

Melony stöhnte irritiert auf. „Das kannst du nicht. Du hast keine Magie, schon vergessen?"

„Ich weiß, deshalb konnte ich das Haus betreten und die anderen nicht."

„Interessant. Gut, wenn du Lust hast, auf eine

Selbstmordmission zu gehen, Fluffikins wird im Keller festgehalten, bis die Vorbereitungen für das Ritual abgeschlossen sind."

„Welches Ritual? Nee, warte. Ich will es gar nicht wissen. Sag mir nur, wo die anderen Katzen sind." Statt den ganzen Tag hier zu stehen und mit ihr zu reden, musste ich handeln. Ich hatte schon genug Zeit damit vergeudet, von einem Ende der Blueberry Bay zum anderen zu reisen.

„Die meisten von ihnen wurden in örtlichen Tierheimen untergebracht, nachdem sie nicht mehr gebraucht wurden. Irgendein idiotischer Handlanger hat Fluffikins versehentlich auch in ein Tierheim gegeben, ohne zu wissen, wer er war. Soweit ich weiß, ist der Kerl inzwischen vaporisiert worden." Sie gluckste bitter.

„Was ist mit Percy? Wir haben ihn gerade draußen gesehen", sagte ich.

Ihr Ausdruck wurde kalt und grimmig. „Er war der Insider. Hat uns alle verraten."

„Uns? Heißt das, du bist jetzt eine von den Guten?"

Melony lächelte teuflisch. „Ja, ich schätze, das bin ich. Aber ich mag dich immer noch nicht. Auch wenn wir jetzt auf der gleichen Seite sind."

„Ich mag dich auch nicht", erwiderte ich grinsend.

„Wow, da wird mir ganz warm ums Herz." Melony rollte mit den Augen. „Jetzt hör auf, meine Zeit zu verschwenden und geh in den Keller. Entweder wirst du uns alle retten oder draufgehen. Ich tippe auf Letzteres. Aber viel Glück!"

29

Die Lage sah also folgendermaßen aus ...

Melony war drinnen gefangen, und Fluffikins angeblich auch. Währenddessen wurden Parker und Angie draußen vom Schutzzauber festgehalten. Nur ich konnte das Haus betreten und verlassen, und das hatte ich meinem Status als Normalo zu verdanken. Wehe, wenn mir deswegen zukünftig noch einmal jemand blöd kam!

Mit wachsender Zuversicht schlich ich die Treppe hinunter in den Keller, der schmuddelig, unverputzt und zum Bersten mit Kisten gefüllt war. Ich sah niemanden, und im Licht der winzigen Glasbausteinfenster konnte ich nicht viel erkennen.

„Hallo?", wagte ich, in die Dunkelheit hineinzurufen.

Ein gequältes Miauen antwortete mir. Ich eilte dem Geräusch entgegen und fand eine winzige, schwarze Kiste, umgeben von Kartons, die darüber und zu beiden Seiten gestapelt waren.

Ich blinzelte heftig, um mich zu vergewissern, dass ich wirklich sah, was – oder vielmehr wer – vor mir saß. „Mr Fluffikins!", rief ich und vergaß für einen kurzen Moment, leise zu sein.

Er stieß ein weiteres klägliches Miauen aus, gerade als ein drahtiger Schildpattkater auf mich zusprang. *Percy!*

Er fauchte und versenkte seine Krallen in meiner Seite.

„Miau! Miau!", schrie Fluffikins panisch.

Percy bäumte sich auf und schlug erneut nach mir. Ein scharfer Schmerz drang durch meinen Oberkörper. Was sollte ich nur tun? Konnte ich wirklich gegen einen Kater kämpfen? Er war zwar eindeutig böse, aber er war immer noch ein viel kleineres Wesen, und ...

AUTSCH!

Während ich über die ethischen Bedenken eines Kampfes mit ihm nachdachte, hatte Percy einen weiteren Schlag gelandet – und stand im Begriff, erneut auf mich loszugehen. Er würde mich zu Tode kratzen, wenn ich nicht schnell handelte.

„Miau! Miau!", rief Fluffikins, und als ich zu ihm hinübersah, richtete er seine leuchtend goldenen Augen nach oben zu den Kartons auf seiner Kiste.

Ja! Gute Idee!

Ich schnappte mir einen und schüttete den Inhalt aus. Als Percy dieses Mal auf mich zukam, stülpte ich den Pappkarton über ihn und schloss ihn darunter ein.

Er zischte und fauchte und wehrte sich gegen das Pappgefängnis, aber es gelang ihm nicht, sich zu befreien. Vorsichtig, um den Druck auf Percys Schachtel konstant zu halten, schob ich ihn neben einen hohen Stapel von Paketen und begann, sie über ihn zu stapeln. Hoffentlich würde sein fieser Boss ihn rauslassen, bevor ihm darunter der Sauerstoff ausging ... aber nicht, bevor es mir gelang, meine beiden gefangenen Teammitglieder zu befreien. Wer hätte jemals gedacht, dass ich mich bemühen würde, Melonys Leben zu retten, nur vier Tage, nachdem sie versucht hatte, meines zu beenden?

Manchmal war das Leben wirklich schräger als Fiktion – vor allem, wenn Magie im Spiel war.

Nachdem ich mich einen Moment lang vergewissert hatte, dass Percy sicher in seiner Falle saß, kehrte ich zu Mr Fluffikins zurück und schloss seinen Käfig auf. „Komm schon. Wir müssen uns beeilen."

Er miaute und schüttelte den Kopf.

„Hör auf, herumzualbern", zischte ich.

Fluffikins murrte und drückte sich gegen den Eingang, was das Vorhandensein einer weiteren magischen Barriere demonstrierte. Kein Wunder, dass er bis jetzt nicht entkommen war – er konnte in dem Käfig weder Magie anwenden noch herauskommen. Das erklärte auch, warum er nicht mit mir sprach.

Diese ganzen Zauber waren errichtet worden, um Magier fernzuhalten, aber da ich eine nicht-magische Person war, konnte ich einfach durch die Barriere schlüpfen. Wäre es vielleicht auch möglich ...?

Ich griff in den Käfig und packte Fluffikins. Problemlos holte ich ihn heraus. *Ja!*

Als wir gestern geflogen waren, hatte der Körperkontakt zu ihm seine Magie kurz auf mich übertragen. Und indem ich ihn jetzt hielt, konnte ich meine Nicht-Magie auf ihn übertragen. Interessant, wie mächtig die Abwesenheit einer Sache sein konnte. Darüber würde ich später noch einmal gründlich nachdenken müssen.

Ich drückte Mr Fluffikins fest an meine Brust, während ich die Treppe hinauf und hinaus in den Garten rannte.

Als sie mich herauskommen sah, klatschte Angie aufgeregt und hüpfte auf und ab.

„Du hast es geschafft! Tawny, du hast es geschafft!", sagte Parker, noch zu schwach, um viel mehr als Worte und ein Lächeln zustande zu bringen.

Ich setzte Fluffikins auf die Straße, und er begann, sich nach meiner Berührung aggressiv zu putzen.

Parker stupste die schwarze Katze mit seinem Fuß an.

„Ich kann nicht glauben, dass ich von einer Aushilfe gerettet werden musste", knurrte der Chefkater.

Parker starrte ihn wütend an, aber Fluffikins bemerkte es entweder nicht oder es war ihm ziemlich egal.

„Ist schon in Ordnung!", sagte ich kichernd und nahm mir einen kurzen Moment Zeit, um zu Atem zu kommen. Der nächste Teil würde nicht einfach werden. „Ich gehe noch mal rein und hole Melony."

Ich rannte zurück ins Haus und fand Melony am oberen Ende der Treppe wartend.

„Du bist also nicht gestorben, wie ich sehe", sagte sie beinahe ein wenig enttäuscht.

„Nö! Jetzt lass uns dich hier rausbringen." Ich

stellte mich hinter sie und schlang meine Arme um ihre Taille.

„Ihhh, was machst du da?", rief sie und schlug auf meine Hände und Arme ein.

„Ich rette dich. Ich muss meine Nicht-Magie durch Berührung übertragen, dann kannst du durch die Barriere gehen", erklärte ich atemlos.

„Nein, danke. Da bleibe ich lieber eine Gefangene."

„Würdest du einfach die Klappe halten und mit mir mitkommen?", schrie ich ihr direkt ins Ohr.

Sie seufzte und schauderte, wehrte sich aber nicht, als ich ein zweites Mal meine Arme um sie legte.

Und so begannen wir unseren unbeholfenen Abstieg, wobei wir mehr als einmal stolperten, während wir uns bemühten, unsere Füße im Tandem zu bewegen.

„Ich hasse dich", maulte sie.

„Nein, tust du nicht", sagte ich, und sie machte sich nicht die Mühe, zu widersprechen.

30

Als Melony und ich aus dem Haus stürmten, saß Fluffikins immer noch mitten auf der Straße und putzte sich.

„Wir sollten hier verschwinden, bevor Percy freikommt oder einer der anderen Bösewichte auftaucht", schlug ich gereizt vor.

„Was ist denn mit Percy?", fragte Parker mit hochgezogenen Augenbrauen.

„Ich habe ihn unter einer Pappschachtel gefangen. Allerdings hat er mich vorher ziemlich übel erwischt." Ich zuckte zusammen, als ich die Seite meines Hemdes anhob, um die knallroten Kratzer zu zeigen. An der kühlen Außenluft brannten sie sogar noch schlimmer.

„Mr Fluffikins, hol' Greta", befahl Parker, und seine Stimme klang kräftiger als bei seiner Ankunft.

„Ich bin noch nicht fertig damit, mich selbst zu reinigen", knurrte die Chefkatze.

Aber Parker gab nicht nach. Diesmal nicht. „Das ist mir egal. Tawny ist verletzt und braucht Greta."

„Ähm, könntest du Connie auch mitbringen?", fragte ich und zog damit den Zorn des Katers auf mich.

Fluffikins fauchte ungehalten, seufzte dann aber und flitzte in einer Wolke aus glitzerndem Rosa davon.

„Wow", sagte Angie und blinzelte heftig, während sie auf die Stelle starrte, an der Mr Fluffikins eben noch gewesen war.

Und sie blinzelte immer noch und starrte mit offenem Mund, als Fluffikins mit dem Engel und dem Vampir im Schlepptau zurückkam.

„Wer ist das?", fragte Fluffikins, der Angie offenbar zum ersten Mal bemerkte. „Ach, ist ja auch egal."

Er drehte sich im Kreis und zeigte mit einer Pfote in ihre Richtung. „Gedächtnislöschung. Bumm!"

Angie schwankte, als hätte sie einen Drink zu viel gehabt. Alkohol war ja auch irgendwie die nicht-magische Art, jemandes Gedächtnis zu löschen.

„Connie, gib mir etwas Geld", verlangte ich, davon ausgehend, dass sie welches bei sich haben würde, da sie sich davon ernährte.

„Vergiss es", gab die Vampirin zurück.

Die Augen des Engels loderten auf, als Connie sich weigerte. „Du wirst es ihr geben", befahl Greta ihr.

Zum Glück schien Angie noch zu benommen zu sein, um wirklich etwas mitzubekommen. Sie würde es ausschlafen müssen, so wie ich es getan hatte.

„Na schön", brummte Connie, dann zog sie ein Bündel Scheine aus ihrer Handtasche und reichte es mir.

Ich machte mir nicht einmal die Mühe, sie zu zählen, bevor ich Angie den ganzen Stapel über-reichte. „Vielen Dank für Ihre Hilfe bei der Suche nach meinem verlorenen Kater. Hier ist Ihr Honorar, wie versprochen."

Sie nahm das Geld und schnappte nach Luft. „Aber das hier sind über tausend Dollar."

„Sie haben das auch toll gemacht", versicherte ich ihr und klopfte ihr sanft auf den Rücken. „Jetzt, wo wir Mr Fluffikins wieder haben, können wir alle nach Hause gehen."

„Oh, okay. Ich bin froh, dass ich Ihnen helfen konnte." Sie schüttelte meine Hand, warf einen Blick auf die anderen und ging dann zurück zu ihrem Auto.

Wir standen alle winkend da, bis sie endlich aus dem Blickfeld verschwunden war.

„Bitte sorge dafür, dass sie sicher nach Hause kommt", murmelte ich durch zusammengebissene Zähne, während ich weiter lächelte und winkte.

„Schon erledigt", sagte Greta mit einem Augenzwinkern. Natürlich beschützte sie unsere menschliche Komplizin, auch wenn sie gerade erst auf der Bildfläche erschienen war.

„Tawny ist verletzt", platzte es aus Parker heraus.

Greta runzelte die Stirn, als ich mein Hemd hochzog, damit sie meine frischen Wunden untersuchen konnte. „Oh, Himmel noch eins", murmelte sie, dann legte sie eine warme Hand auf die Kratzer.

Mir wurde immer wärmer, als sie ihre Handfläche gegen mich drückte. Das glühende Licht ihrer Engelsrüstung wanderte von ihrem Herzen in ihren Arm hinunter und dann in meine Seite. Sie hielt es dort einen Moment lang, dann zog sie das Licht zurück und entfernte ihre Hand.

Die Kratzer waren weg, ersetzt durch glatte, unverletzte Haut.

„Was machen wir mit Scavo?", fragte ich. „Wir können ihn nicht einfach entkommen lassen."

„Wer ist Scavo?", wollte Melony wissen.

Ich schaute sie verdutzt an. „War er nicht der Typ, der dich gefangen hielt?"

Sie zuckte mit den Schultern. „Keine Ahnung. Ich habe seinen Namen nie erfahren."

„Ich denke, wenn es Scavo ist, werden sich Val und Blackjack eher früher als später um ihn kümmern", sagte ich zu den anderen.

„Und wenn er nicht dahintersteckt?", konterte Melony.

„Dann kommen wir wieder", erklärte Mr Fluffikins und schritt auf dem Bordstein auf und ab. „Die Sache ist noch nicht vorbei."

Melony nickte. „Mein Opa ist immer noch irgendwo da draußen. Er wird nicht so leicht aufgeben."

Ich zitterte, als ein kalter Windstoß vorbeifegte.

„Lasst uns nach Hause gehen", sagte Parker und streckte seine Hand nach mir aus.

Ich ergriff sie, dann nahm Greta meine andere Hand, und Connie nahm ihre.

„Zurück zum Hauptquartier", befahl Fluffikins, und der funkelnde rosa Nebel legte sich um uns.

Ich schloss die Augen und schwelgte in der Magie, die mich umgab. Als ich sie wieder öffnete, waren wir in den Sitzungssaal zurückgekehrt.

Fluffikins stand am Kopf des Tisches in seiner gewohnten Chefposition. „Und damit ist der Fall der vermissten Feldagenten gelöst. Tawny, du bist entlassen."

„Moment mal, aber ich ..."

„Wegtreten!", befahl er, diesmal lauter.

Wow, nicht einmal ein kurzes Danke.

Ich schüttelte den Kopf und stolperte aus dem Büro, wobei ich mich noch weniger respektiert fühlte als zuvor.

„Tawny, warte!", rief Parker mir hinterher.

Ich drehte mich um und wartete darauf, dass er zu mir aufschloss. Als er das tat, schlang er seine starken Arme um meine Taille. Jetzt, da wir nach Beech Grove zurückgekehrt waren, war er wieder ganz der Alte.

„Mr Fluffikins kann seine Dankbarkeit nicht gut ausdrücken, aber ich schon", sagte er, bevor er meine Lippen mit den seinen versiegelte. Und da wurde mir klar, dass dieser Moment mit ihm auch eine besondere Art von Magie enthielt. Ein warmes, pulsierendes Gefühl schoss durch mich hindurch und mit einem Mal wurde mir schwindelig.

Ich kicherte gegen seine Lippen. „Wenn der Kuss von Fluffikins war, kannst du ihn zurücknehmen."

„Okay, mach ich", sagte er und küsste mich wieder. Und wieder.

„Pheromone!", rief Fluffikins von irgendwo in der Ferne, aber keiner von uns achtete darauf, während wir in diesem hart erkämpften Moment schwelgten.

Ich wusste immer noch nicht, was ich von all dem halten sollte, was im Laufe der letzten Tage passiert war, aber ich mochte die Person, zu der ich wurde.

Vielleicht war Aushilfe zu sein wirklich nicht der schlechteste Job auf der ganzen Welt …

Und vielleicht wollte – brauchte – ich mehr davon.

Wie geht es weiter?
Finde es schnell heraus …

Ein Vampir für alle Gelegenheiten ist jetzt
erhältlich.

Sichere dir noch heute dein Exemplar, damit du direkt mit der Fortsetzung dieser verrückten Krimiserie weiterlesen kannst!

✳ ✳ ✳

Und vergiss nicht, dich in Mollys Liste einzutragen, damit du über alle Neuerscheinungen, monatlich stattfindende Verlosungen und weitere coole Aktionen (einschließlich jeder Menge Katzenfotos) informiert bleibst.

Dafür musst du nur hier klicken:
Katzengeheimnisse.com/abonnieren

WIE GEHT ES WEITER?

In der Agentur für Paranormale Zeitarbeit geht irgendetwas Merkwürdiges vor sich, und ich will herausfinden, was los ist. Bisher musste mein fellnasiger Vorgesetzter, ein schwarzer Kater namens Mr Fluffikins, mich regelrecht zur Erledigung meiner Aufgaben zwingen, aber diesmal bin ich mit Feuer und Flamme dabei. Ich will endlich wissen, warum das Gremium ausgerechnet mich aus meinem banalen Alltag gerissen und in diese aufregende, neue Welt voller Magie und Gefahren geworfen hat.

Aber das wird kein leichtes Unterfangen werden. Vor allem, da die APZ mir aufgetragen hat, gemeinsam mit Connie, dem ortsansässigen Vampir, einen neuen Hexenzirkel in unserem verschlafenen Nest Beech

Grove zu untersuchen. Für diese Ermittlung erhalte ich sogar einen vorübergehenden Vampirstatus ... einschließlich sämtlicher Vorzüge und Nachteile.

Tja, der Knackpunkt an der Sache ist allerdings, dass ich für immer ein Dasein als Untote fristen muss, wenn wir den Fall nicht schnellstens lösen ...

Wie immer ein Kinderspiel für einen Aushilfsvampir wie mich!

Hole dir noch heute dein persönliches Exemplar und fange direkt an zu lesen.

Viel Spaß!

KURZE VORSCHAU

EIN VAMPIR FÜR ALLE GELEGENHEITEN

ch heiße Tawny Bigford und dachte lange, das Interessanteste an mir sei, dass ich nebenbei Liebesromane schreibe, um meinen bescheidenen Lebensunterhalt aufzubessern ... Aber dann traf ich einen kleinen, schwarzen Kater, der alles veränderte.

Sein Name? Mr Fluffikins.

Seine Funktion? Leitender Vorsitzender der örtlichen APZ. Das steht für „Agentur für paranormale Zeitarbeit".

Obwohl Fluffikins und ich uns gerade erst kennengelernt haben und ich nie um einen Job gebeten habe, hat er mich als Aushilfe eingestellt und mich quasi gezwungen, in der letzten Woche zwei Fälle zu übernehmen. Der erste war der Mord an meiner ehemaligen Vermieterin. Bei dem zweiten ging es um eine Reihe von Entführungen, die uns bis auf eine Insel vor dem kühlen und landschaftlich reizvollen Maine führten.

Dabei wäre ich mindestens einmal fast gestorben – wahrscheinlich sogar noch öfter –, was es vielleicht seltsam erscheinen lässt, dass ich bereit und begierig darauf bin, einen weiteren Auftrag anzunehmen.

Lassen Sie mich hier für einen Moment innehalten und einiges erklären, damit Sie meine Entscheidungen besser verstehen.

Das Erste, was Sie wissen müssen, ist, dass Magie real ist. Ernsthaft!

Sie wird uns allen in die Wiege gelegt, aber die meisten verlieren sie im Laufe der Zeit. Bei meinem ersten Fall bekam ich einen kurzen Vorgeschmack auf diese besonderen Art von Macht, und seitdem habe ich mich nach mehr davon gesehnt.

Aber obwohl ich über Magie Bescheid weiß, gehöre ich nicht zur Gemeinschaft. Ich bin eine Außenseiterin, jemand, den die anderen spöttisch eine „Normalo" nennen. Echte magische Menschen werden einfach als „Magicks" bezeichnet. Und die bereits erwähnte APZ ist ein spezielles Gremium, das ihre Interessen in unserer schönen Region Peach Plains in Georgia vertritt. Es ist nur eines von vielen solcher Gremien, die überall auf der Welt eingerichtet wurden.

Der Vorstand besteht aus sieben permanenten Mitgliedern. Jeder, den sie zusätzlich und kurzzeitig zum Arbeiten brauchen, wird als Aushilfe eingestellt.

Wie eben ich.

Normalerweise wird das Gedächtnis von Aushilfskräften gelöscht, sobald sie ihren Zweck erfüllt haben, aber ich kann mich merkwürdigerweise noch an alles erinnern.

Der Oberboss ist der bürokratisch angehauchte schwarze Kater, Fluffikins. Ihm zur Seite steht der Stadthexer, eine Rolle, die derzeit von meinem scharfen Nachbarn Parker Barnes verkörpert wird. Ich vermute mal, wir sind irgendwie zusammen, andererseits haben wir uns seit dem ersten Mal vor fast einer Woche nicht mehr geküsst, also wer weiß schon, was Sache ist ...

Wie auch immer, neben Parker und Fluffikins gibt es noch die fünf Verbindungsleute des Vorstands. Greta ist ein waschechter Engel, der die Schulen beaufsichtigt. Connie, die launenhafte Vampirin, kümmert sich um den Handel. Dann wären da noch Buckley, zuständig für die Landwirtschaft und ein alter Kerl im Anzug für die Friedhöfe. Über diese beiden weiß ich so gut wie gar nichts.

Wir sollten eigentlich auch einen Verbindungs-
mann für die Polizei haben, aber diese Position
wurde kürzlich aufgrund einer unglücklichen Verket-
tung von Umständen, die hier zu erklären viel zu
lange dauern würde, ersatzlos gestrichen.

Also haben wir stattdessen jetzt eine Praktikantin,
die sich als provisorische Verbindungsperson
bewirbt. Wenn sie sich denn als würdig erweist. Ich
habe keine großen Hoffnungen, wenn man bedenkt,
dass sie versuchte, mich zu töten – und es fast
geschafft hätte.

Ja, ich bin wirklich kein Fan dieser Person, und
das Gefühl beruht definitiv auf Gegenseitigkeit.

Wenn Sie mich vor einer Woche gefragt hätten,
hätte ich Ihnen gesagt, dass ich die APZ hasse und
nichts damit zu tun haben will. Seit unserem letzten
großen Fall jedoch habe ich meine Meinung grundle-
gend geändert.

Es gibt etwas, das die anderen vor mir verheimli-
chen, etwas Wichtiges, etwas über mich. Und ich
werde nicht ruhen, bis ich ein paar Antworten
bekommen habe.

Das letzte Mal haben sie mich gegen meinen
Willen in die örtliche APZ-Hauptverwaltung
geschleppt. Dieses Mal werde ich aus freien Stücken

vor ihrer Tür auftauchen und ihre Aufmerksamkeit einfordern.

Unsere ersten beiden Abenteuer haben mich auch etwas viel Alltäglicheres gelehrt. Nämlich, dass es schwer ist, in dieser Welt ohne Auto zu überleben. So viel zur Minderung meines ökologischen Fußabdrucks, denn ich habe doch glatt meinen letzten Tantiemen-Scheck dazu verwendet, um eine zehn Jahre alte Limousine zu kaufen, die mich von A nach B bringt.

Die letzten beiden Male, als ich das Hauptquartier der APZ besuchte, hatte mich Mr Fluffikins mit seiner Magie dorthin geflogen, aber dieses Mal wollte ich für meinen eigenen Transport verantwortlich sein.

Kaum hatte ich meine Einfahrt verlassen, war ich auch schon am Ziel, da der alte Bürokomplex, in dem die Organisation untergebracht ist, nur ein paar Meilen hinter dem Stadtzentrum von Beech Grove lag.

Die Fenster waren abgedunkelt, aber ich wusste, das war nur ein Trick war, um Unbefugte fernzuhalten. Und Magie hin oder her, ich war jetzt ein Teil hiervon. Zumindest redete ich mir das ein, als ich mein sorgfältig vorbereitetes Paket nahm und zur Eingangstür marschierte.

Sie war verschlossen, also klopfte ich.

Als niemand antwortete, schnappte ich mir einen Stein und feuerte ihn durch die Glastür. Winzige Scherben rieselten herab, aber das war mir egal. Ich brauchte einen Weg hinein, und es ist ja nicht so, dass sie mein kleines Missgeschick nicht mit ein bisschen Magie am rechten Fleck beheben könnten.

Was ich zu sagen hatte, war einfach zu wichtig, um zu warten. Hoffentlich konnte ich jemanden finden, der bereit war, nicht nur zuzuhören, sondern auch zu reden.

Bis zu diesem Punkt war ich in ihrem Schachspiel der Bauer gewesen, aber jetzt war ich bereit, eine stärkere Position einzunehmen ...

Nennen Sie mich einfach Tawny, der Läufer.

Hole dir noch heute dein persönliches Exemplar und fange direkt an zu lesen.

ÜBER MOLLY FITZ

Obwohl USA-Today-Bestsellerautorin Molly Fitz genau genommen nicht mit Tieren sprechen kann, führen sie und ihre drei tierischen Co-Autoren oft tiefgründige und lebhafte Gespräche, während sie den alltäglichen Dingen des Lebens nachgehen.

Molly lebt mit ihrem Kind und ihrem eigenen Privatzoo irgendwo in der Wildnis von Alaska. Gelegentlich wagt sie sich hinaus, um ein exquisites Essen zu genießen, einen guten Kaffee zu trinken oder neue Tierfreunde zu treffen.

Erfahre mehr über Molly und ihre deutschen Veröffentlichungen, indem du dich gleich für ihren Newsletter anmeldest:

www.katzengeheimnisse.com

MISS DOLITTLES GEHEIMNIS

Angie Russo hat sich gerade mit dem ersten sprechenden Katzendetektiv von Blueberry Bay zusammengetan. Gemeinsam mit seiner bunt zusammengewürfelten Schar menschlicher und tierischer Helfer ist Octocat fest entschlossen, jede Situation zu retten – solange sie nicht mit seinem persönlichen Zeitplan kollidiert.

Viel Spaß mit Band 1 – **Kommissar Katerchen**

MERLINS MAGISCHE ABENTEUER

Gracie Springs ist keine Hexe ... ihr Kater hingegen schon. Jetzt muss sie alles in ihrer Macht Stehende tun, um sein Geheimnis zu wahren, oder sie riskiert, den Rest ihres Lebens in einem magischen Gefängnis zu verbringen. Zu dumm, dass sie den Ärger geradezu magnetisch anzuziehen scheint!

Viel Spaß mit Band 1 – **Merlin findet eine Vertraute**

AGENTUR FÜR PARANORMALE ZEITARBEIT

Tawny Bigfords gewöhnlich zu nennendes Leben nimmt eine magische Wendung, als sie über die Leiche ihrer Vermieterin stolpert und von einer sprechenden schwarzen Katze rekrutiert wird, die Rolle der Verstorbenen als offizielle Stadthexe von Beech Grove, Georgia, zu übernehmen.

Viel Spaß mit Band 1 – **Eine Hexe für alle Gelegenheiten**

DAS GEISTERHAFTE GÄSTEHAUS (MIT TRIXIE SILVERTALE)

Sydney Coleman hat alles erreicht – und doch steht sie irgendwann vor dem Nichts. Gerade, als sie ihr neues Bed and Breakfast eröffnen will, stellt sich ihr ein Geistertrio auf Schritt und Tritt in den Weg. Die Geister bestehen darauf, dass sie den Mord an ihrer Herrin aufklärt, aber Sydney braucht dringend Geld. Wenn nicht bald ein paar zahlende Gäste eintreffen, ist ihre Spukvilla dem Untergang geweiht.

Viel Spaß mit Band 1 – *Mörderischer Mondschein*

VERBINDE DICH MIT MOLLY

Wenn du ebenfalls ein großer Fan von spannenden, schrägen Tierkrimis bist, sollten wir unbedingt Freunde werden.

Wie wäre es, wenn du direkt einmal meine Facebook-Seite besuchst, die ich speziell für meine treuen deutschen Leser eingerichtet habe? Hier der Link dazu:

Facebook.com/Katzengeheimnisse

Oder melde dich für meinen Newsletter an und sichere dir als Abonnent gratis ein digitales Geschenkpaket, einschließlich einer exklusiven Kurzgeschichte über Octocat:

Katzengeheimnisse.com/Abonnieren

www.ingramcontent.com/pod-product-compliance
Lightning Source LLC
Chambersburg PA
CBHW050324110726
47899CB00007B/2361